GUSTAV

DU MÊME AUTEUR

L'OURS EN LAMBEAUX, Encre, 1983.
LE VOYAGE D'ARSÈNE, Grasset, 1985.
LES GANTS BLANCS D'ALEXANDRE, Grasset, 1994.
LES SANGLOTS DE LA FÊTE, Grasset, 1996.
L'HÔTEL DE LA VIEILLE LUNE, Grasset, 1998.
« DENTELLES », Grasset, 2000.
LETTRE À UN AMI MYSTÉRIEUX, Grasset, 2001.

ROGER HANIN

GUSTAV

roman

BERNARD GRASSET
PARIS

Chapitre Premier

— Oncle Gustav arrivera au Havre par bateau 7 mai – Stop – Vérifier heure exacte – Stop – Ta belle-sœur Amanda –

Lorsqu'Arsène finit de lire le télégramme, il enfonça un doigt dans son café pour vérifier qu'il ne rêvait pas. Il ne rêvait pas.

Qu'est-ce que ces deux fantômes venaient faire dans sa vie ?

Arsène aurait pu déchirer la dépêche, il préféra décrypter l'origine de ce message venu engluer sa tranquillité. Quinze ans qu'il n'avait pas eu de nouvelles de cette Amanda et voilà qu'elle réapparaissait, de Bolivie... Il relisait le télégramme :

« – La Paz – 3 mai 2001 – 17 heures – » La date d'émission était la seule éclaircie dans ce brouillard exotique. Quinze ans qu'elle n'avait envoyé le moindre signal et Amanda refaisait surface avec oncle Gustav en cerise sur son chapeau.

***

Le Havre ! Là-bas il se renseignera sur l'heure exacte d'arrivée des paquebots en provenance de La Paz. Ils ne doivent pas être légion à accoster le 7 mai. Arsène consulte le cadran de sa montre : on est bien le 5 mai. Il n'a plus qu'à monter dans sa vieille Buick rose qui fanfaronne devant la terrasse du Flore. Il vient d'avaler son reste de café crème et rentre chez lui, rue du Komintern pour rassembler quelques affaires.

***

Lorsqu'il sortit de la maison, sa concierge lui demanda s'il partait en voyage, Arsène répondit :

— J'en ai l'impression.

La gardienne crut encore à une réponse déviante, elle marmonna vexée :

— Toujours aussi con à faire le mystérieux ce Lévi-Cortès...

Chaque fois qu'Arsène la déstabilisait par des propos déconcertants, elle l'appelait par son patronyme. Elle ne put résister à la tentation de le questionner, à la cantonade :

— Et qu'est-ce que je vais dire à vot'gamin quand il rentrera de l'école ?

La réponse tomba, couperet.

— Je l'emmène avec moi.

***

Le train roulait sourd dans la campagne normande.

La Paz, Bolivie, l'Amérique du Sud... Il murmura quasi inaudible :

— Oh ! il doit sûrement avoir de grosses moustaches noires !...

— Qui ?

Arsène prit soudain conscience de la présence de son fils assis en face de lui. Pablito répétait sa question, avec douceur, comme s'il ne voulait pas réveiller son père embué dans une nostalgie encombrante.

— Qui, papa ?

— Gustav.

La réponse apaisa l'enfant. Curieusement, dès que Pablito obtenait réponse, il cessait d'angoisser. Il reprit posément sa lecture des « Oraisons funèbres » de Bossuet. A douze ans et demi, bientôt treize, le jeune Pablo n'aimait guère les bandes dessinées qu'il considérait comme des informations tronquées, débiles. Seuls l'intéressaient les grands textes, panthéon de ses admirations et bonheurs. Souvent, pour rassurer son père, il disait : « Tu sais, je ne suis ni un vieillard ni un nain... J'ai mes goûts, rien d'autre... » Arsène se sentait vaguement responsable de ces choix aristocratiques et désuets mais au fond de lui, il se réjouissait d'avoir un garçon aussi original et déterminé dans ses préférences.

***

Le compartiment était vide. Un père, un fils, le silence. Même le bruit des roues du wagon ne parvenait pas à irriter leur douce proximité. Le bonheur devenait plaisir. Alors, le fils interrogea le père pour signifier qu'il entendait profiter de ce tête-à-tête providentiel.

— Pourquoi m'appelles-tu Pablo ou Pablito alors que tout le monde m'appelle Paul ?

— Qui tout le monde ?

— A l'école... Dans l'immeuble, sur ma carte d'identité... Sur les terrains de sport ?... Partout... Parce que tu as vécu en Colombie ?...

— Oui sans doute...

— Parce que je m'appelle Lévi-Cortès ?

— Peut-être ?... Il y a un peu de tout ça.... Et puis j'aime bien ce prénom, il te va bien... Il est beau comme toi.

— Pourquoi m'as-tu demandé de t'accompagner ?... Tu as peur de rencontrer Gustav ?... Enfin... je veux dire, tu appréhendes de le revoir... après quinze ans ?

— Tu poses trop de questions, Pablito.

— Ça te rassure de m'appeler Pablito ?

— Peut-être ?...

— Je ne savais pas que tu avais une belle-sœur...

— Tu ne sais pas tout.

— C'est la sœur de...

— Ta mère. Parlons d'autre chose ! *(Puis sentant l'avoir blessé, il questionna :)* Elle te manque ?

— Qui ?

— Ta mère.

— Je n'en ai aucun souvenir...

***

C'est à ce moment-là qu'Arsène aperçut un troupeau de vaches qui se dirigeait au galop vers le train. Beaucoup d'entre elles s'essoufflaient. La plus puissante se détacha de ses sœurs et courut accompagner le compartiment où Pablo et son père s'émerveillaient de cette escorte. L'enfant était bouleversé par le regard d'Arsène littéralement fasciné par la robe blanche de cette vache tatouée de losanges bleu indigo, d'une symétrie impeccable. L'enfant sourit :

— On dirait une vahiné abandonnée qui s'entête à suivre une caravelle fuyant Tahiti et ses amours...

— Tu trouves ?

— Tout à fait. Qui est-ce ?

— Frileuse. Je t'en ai parlé.

— Oui, mais les losanges sont bleus... Tu m'avais dit que les losanges de Frileuse étaient marron.

— Ça dépend des saisons. Tous les trains finissent en gare.

— Je ne vois pas le rapport.

— Parce que tu ne vas pas assez vite. D'un côté tu t'interroges sur la normalité et d'un autre tu t'inquiètes d'une évidence inattendue. Et en plus, tu cherches un lien logique entre les losanges bleus d'une vache essoufflée et l'inéluctable arrivée d'un train. Avoue que ta réflexion manque d'indépendance d'esprit. Je dirais même plus, elle est pauvre.

— Banale ?

— Non. Tu ne peux pas être commun ni ordinaire... Encore moins médiocre.

Le visage de Pablito reprenait forme. Quelques secondes auparavant, il venait d'être secoué par une mise à l'écart d'une telle violence que ses traits, son teint en avaient été altérés, crispés, presque déformés. Arsène caressa la joue de Pablo. Il l'embrassait maintenant si délicatement que l'enfant réussit à délivrer son bonheur, fers aux pieds :

— Je t'aime, papa.

— On n'en parle plus. Tu sais désormais que les trains finissent en gare.

— Et surtout je n'irai plus ratiociner sur les couleurs des losanges de Frileuse. D'autant plus, ajouta-t-il pour faire bonne mesure, que ce n'est pas cela qui influera sur le rythme des saisons.

Arsène avait retrouvé son fils. Le silence berça leurs cœurs d'une ferveur alanguie.

— Vos billets, s'il vous plaît !

Arsène leva les yeux vers le contrôleur du train qu'il reconnut aussitôt. Il remit ses titres de transport avec une bienveillance ancienne.

— Vous vous appelez Camille d'Imbaguë ? dit Pablito.

— Vous me connaissez ?

— Non. Mais mon père m'a souvent parlé de vous.

— En bien, j'espère ?

— Sympathie... Mais surtout avec précision... Une chose m'intrigue, je ne retrouve pas une particularité qui m'avait étonné. Votre nez...

— Quoi mon nez ?

— Votre nez, votre véritable nez ne s'allume ni ne s'éteint...

— Il doit s'agir d'un autre Camille d'Imbaguë. Moi, ce sont mes oreilles qui s'allument et qui s'éteignent quand je veux, si je veux.

L'enfant accepta l'homonymie mais demeurait sceptique quant aux oreilles qui restaient désespérément normales.

— J'ai dû me tromper, monsieur.

Arsène sourit. Le contrôleur rendit les billets après les avoir examinés :

— Vous allez au Havre, monsieur Lévi-Cortès ?

— Oui.

— Vous allez attendre Gustav ? Il ne viendra pas.

Puis Camille d'Imbaguë continua sa tournée d'inspection. Mais son cœur n'était plus à la suspicion. Les resquilleurs pouvaient souffler, personne ne serait verbalisé aujourd'hui.

***

Frileuse donna un dernier coup de corne qui résonna contre la paroi du train puis s'en alla rejoindre un troupeau de moutons blancs qui paissaient, indolents. Elle s'assit au milieu d'eux et se mit à lire le Nouveau Testament. Tous les moutons s'installèrent autour d'elle pour l'écouter, à l'exception de Marcus, un agneau beige, de confession israélite.

⁂

Lorsque le train grinça en gare du Havre, Arsène était déjà sur le marchepied, prêt à sauter sur le quai. Derrière lui, Pablito regardait défiler un tapis d'hommes, de femmes et d'enfants slalomant entre porteurs, scouts et employés de la SNCF. Dieu sait pourquoi, il se mit à hurler : « Gustav ! Gustav ! Gustav ! » comme s'il interpellait quelqu'un de précis venu les attendre sur la voie :

— Evidemment, il n'est pas là... murmura Pablito comme s'il évoquait une vieille maîtresse habituée à rater ses rendez-vous.

Arsène regardait son fils, interloqué mais soumis à ce genre d'intempérance :

— Pourquoi as-tu hurlé Gustav, brusquement ?... Tu pensais que Gustav nous attendait sur le quai ?

— Peut-être ? Je ne sais pas...

— Tu sais très bien que Gustav doit arriver par bateau...

— Oui.

— Alors ?

— Je me disais que Gustav était peut-être là... *(Puis il asséna, énigmatique :)* Tu sais bien que Gustav est partout...

— Tu m'énerves.

Ils sont sortis de la gare, écoutent la place Carnot. Presque obséquieux Pablito se réaccorde à son père :

— Tu as réservé un hôtel ?

— Oui. Je l'ai choisi en fonction de l'enseigne dont je savais qu'elle te plairait : l'Hôtel de l'Aigle manchot.

— Merci papa !... J'ai de quoi rêver... C'est loin ?... On marche ou on prend un taxi ?

— On marche un peu, ensuite on achètera une voiture de luxe.

— Acheter ?

— Oui, je vais acheter une Bentley, au Havre.

— Tu as l'argent ?

— Mais oui ! Qu'est-ce que tu t'imagines ?... Ton père est un sculpteur qui vend ! Les œuvres de Lévi-Cortès trônent dans les meilleurs musées du monde... Au fait, est-ce que tu aimes mes sculptures ?

— Je les aime d'amour.

— Allons vers le centre-ville, on trouvera un concessionnaire de voitures anglaises.

— C'est l'oncle Gustav qui va en faire une tête lorsqu'il nous verra l'attendre dans une Bentley gris ardoise métallisé !...

Ils marchèrent en direction du boulevard Edgar Quinet. Un groupe d'écolières traversa la rue, volière...

Le beffroi de la cathédrale Sainte-Clotilde sonna six fois.

— Les magasins ne ferment pas avant 7 heures, dit Arsène qui craignait que Pablito vît s'envoler l'achat de la Bentley folie.

— On peut attendre demain matin pour la Bentley si tu veux, papa.

— Ne m'appelle pas constamment papa, cela m'énerve. Tu es trop grand... A douze ans et demi, bientôt treize, on ne dit plus papa, c'est ridicule.

— On dit comment ?

— Appelle-moi père ou... Arsène. Choisis.

— Je prends les deux. On fera selon...

— Selon quoi ?

— Selon les circonstances ou l'humeur.

— Ou l'humour ?...

— Arsène, puis-je t'assurer d'une chose ?... Tu es intelligent et divinatoire. *(Puis il ponctua avec une vanité bravache :)* On était fait pour s'entendre...

⁂

En déambulant vers le boulevard Edgar Quinet, Pablito aperçut, en étoile, trois ruelles fort étroites qui descendaient vers le purgatoire. Il regarda son père :

— Je n'ai jamais fait l'amour, Arsène.

— A ton âge, c'est un peu normal...

— A quel âge, toi ?...

— Le même âge que toi mais c'était particulier...

Pour toute réponse, Pablito s'engagea dans la ruelle médiane. La plaque indiquait : Impasse Sadi Carnot. Quelques pizzerias, plusieurs boutiques de lingerie fine et le vrai visage labyrinthique de cette venelle du plaisir se dévoilait progressivement comme à Hambourg ou dans certaines mellahs d'Orient. On pouvait distinguer des filles graves et jeunes pour la plupart, qui prenaient la pose pour aguicher le chaland. Arsène n'était nullement gêné par la présence de son fils qui profitait de ce défilé de mannequins de chair et désir.

— Elles sont belles tu ne trouves pas, Pablito ?

— Très.

Lorsqu'ils passèrent devant un night-club à strip-tease, Pablito s'arrêta pour regarder les photos des effeuilleuses affichées sous le verre des présentoirs. Il s'approcha de l'une des artistes exposées. Fasciné par la jeune femme – elle devait avoir trente ans au plus – Pablito rougit d'entrer en érection instantanée mais réussissant à maîtriser son émotion, il comprit la terrible fatalité qui lui enfonçait tranquillement sa dague en plein cœur. Il scruta le bas de la photo pour lire le nom de ce coup de poignard. La bande disait : Laetitia Marlowe.

— J'aime ce nom, dit Pablito, mais je suppose que c'est un nom de guerre, un pseudonyme d'artiste, non ?

— A mon avis elle doit s'appeler Paulette Etiévant... ou Rosine Bordenave si elle vient du Périgord.

— Pourquoi voudrais-tu qu'elle vienne du Périgord pour faire du strip-tease dans une ruelle du Havre ?

— Alors elle s'appelle Paulette Etiévant.

— Je l'aime. Je veux l'épouser !

— L'épouser, rien que ça ?

— Oui, puisque je l'aime.

— La discussion est prématurée, tu ne trouves pas ? De toute façon, il faudrait que tu attendes ta majorité légale pour l'épouser, c'est-à-dire cinq ans au minimum ?... D'ici là, tu auras peut-être changé d'avis ?...

— Jamais !

La réponse avait sonné avec une telle véhémence qu'Arsène, les yeux au ciel et cœur aux anges, murmura :

— Mon Dieu, rendez-moi mon innocence !...

— Vous ne l'avez jamais perdue, père, sinon je ne vous aimerais pas si fort.

— Pourquoi me vouvoies-tu, brusquement ?

— Chaque fois que je vous appellerai père, le vous s'imposera, c'est plus harmonieux. Quand je dirai Arsène, c'est le tu qui tombera. On marche comme ça ?

— Tout me va.

— Et Laetitia Marlowe, elle te va aussi ?

— Comment veux-tu que je te réponde ?... Je ne la connais pas !

— Mais enfin Arsène, on voit tout sur une photo. Regarde-la bien encore une fois.

Arsène se mit à examiner avec attention cette athlète svelte et charnue, les yeux verts qui disaient l'innocence et semblaient appeler au secours. Arsène entrait en contact avec ce regard de jade pervers et distant, ces longues cuisses à la chair vivante et dorée... Il vit la bouche à l'atroce sensualité, les mains fines, les cheveux blonds coupés au carré qui disaient la féminité et l'audace de la solitude... Et il comprit que l'innocence qu'il réclamait à Dieu avait vu juste et loin. A regarder les yeux de Pablito, Arsène sentit qu'il n'avait plus qu'une échappatoire :

— On demandera son avis à Gustav, je suis sûr qu'il sera de bon conseil.

— D'accord mais en l'attendant je t'offre ce soir une bouteille de champ', à la « Boule Noire ».

— A la « Boule Noire » ? Où est-ce ça, la « Boule Noire » ?

— Tu y es... devant ! On verra les strip-teases et... ta future belle-fille. OK ?

— Pourquoi pas ?

— Tu ne boiras pas trop ?...

— Non... C'est fini ça... *(Puis consultant sa montre :)* Si tu veux qu'on achète notre Bentley, il faut presser le pas.

— D'accord !... Ce serait marrant d'arriver ici en limousine et toi au volant en chauffeur de maître.

— Je pourrais même acheter une casquette dans un magasin d'accessoires de théâtre.

— Banco !

Et, prenant son père par la main, Pablito remonta l'Impasse Sadi Carnot pour rejoindre la grande artère qui les mènerait chez le concessionnaire Bentley. Face à la devanture du « Grand Garage Wilson », Arsène et Pablito s'émerveillaient devant toutes ces voitures anglaises plastronnant de jeunesse et d'aplomb. L'arrogance de la beauté et de l'argent. Ensemble et d'instinct, ils repérèrent « leur » Bentley. Gris ardoise métallisé, elle semblait leur dire : « Eh bien ! j'attends, moi !...» Aussitôt entrés dans le garage, ils furent happés par un vendeur aux allures british caricaturales. Clientèle oblige... D'emblée le chef des ventes nous régala d'un retentissant : « Hello gentlemen ! » qui faillit nous plonger dans un fou rire hébété puis dans la foulée, l'English normand persévéra dans son accueil tonique et très « Bentley » :

— So, what can I do for you ?

Mais entrevoyant qu'il pouvait avoir affaire à des ploucs, il se mit en demeure de traduire, sans abandonner son accent oxfonien :

— Que puis-je pour vous ?

Je ne me suis pas laissé entraîner dans son cirque et j'ai plaqué ma manchette :

— On se calme, Colonel. Je désire acheter la Bentley en vitrine, aujourd'hui tout de suite dans l'heure.

— J'ai bien compris, répondit le vendeur, mais cette fois sans le moindre accent victorien.

Je crois que Pablito et moi nous étions déçus de l'entendre parler français, on avait l'impression d'acheter une Peugeot. J'ai alors demandé à voir le directeur pour payer rubis sur l'ongle et disposer immédiatement de la voiture. Après moult palabres sur les difficultés de céder la Bentley sans les autorisations préfectorales et autres tortures administratives, il fut décidé qu'on nous la laisserait sous forme d'essai, les régularisations courraient parallèlement. J'étais heureux. Pour rien au monde je n'aurais voulu décevoir Pablito. A peine installés dans la limousine anglaise, j'ai demandé au vendeur anglomane s'il n'y avait pas une casquette de chauffeur de maître qui traînait dans le garage. Il me répondit avec la jubilation du premier de la classe :

— Mais très certainement, monsieur Lévi-Cortès, le directeur en fait collection, il en possède une quinzaine sur les étagères de son bureau. Je vous en apporte une au hasard ou bien préférez-vous les essayer auparavant ?

— Non non, répondis-je, le hasard a toujours eu ma préférence.

Lorsque le chauffeur revint, il tint à déposer lui-même la casquette sur ma tête pour bien me prouver qu'il avait le coup d'œil sûr. Je ne sais pas pourquoi j'ai voulu le remercier avec familiarité et je n'ai rien trouvé de plus simple à lui dire que : « Merci Monsieur... » mais pour créer un lien plus personnel, j'ai insisté :

— Monsieur... comment ?

— Gustav.

— Comment est-ce possible ?... dit Pablito. Vous ne devez pas arriver demain matin par bateau en provenance de La Paz ?

Le vendeur ne se laissa pas démonter :

— Non jeune homme, je ne voyage jamais par bateau, j'ai une voiture.

Pablito s'accommoda de cette logique mais il ne se priva pas de lui planter l'ultime banderille :

— Dans ce cas, je puis vous dire sans risque d'erreur, que vous ne vous appelez pas Gustav.

Aujourd'hui encore et alors que la paix n'est toujours pas signée au Moyen-Orient, je crois que le vendeur de voitures n'a pas compris la certitude de cet enfant péremptoire.

Or donc, c'est en Bentley que nous sommes arrivés devant l'Hôtel de l'Aigle manchot...

Chapitre II

A voir l'air ébloui de Pablito, j'ai compris que l'enseigne de l'hôtel que j'avais choisi venait de tenir les promesses que j'en attendais. Surplombant la façade, un aigle haut d'un mètre cinquante, taillé dans du marbre de Carrare, déployait une seule aile gigantesque, marqueterie multicolore incrustée de carrés, rectangles, bleus, rouges, jaunes, violets, éclats vifs en dégradés. L'aile gauche manquait, réduisant le poitrail à une singularité poignante. On eût dit le fronton d'un montreur de cirque vantant le spectacle d'un animal phénoménal. Mais la beauté de la statue l'emportait sur l'insolite anatomique. Elle révélait sa symbolique avec la gravité sereine de l'œuvre d'art. Je n'ai pas eu le temps de ratiociner sur l'étrangeté de ce roi de l'azur amputé que déjà Pablito s'emparait du parallèle baudelairien :

— Cet aigle me fait penser à l'Albatros des « Fleurs du mal » :

… « Ses ailes de géant l'empêchent de marcher. »

— Il y a sans doute de cela… Que faire avec une seule aile ? Impossible de voler, impossible de courir… Pas facile de faire son marché tous les jours…

Le veilleur de nuit s'impatientait. Avare, il dit simplement :

— Le jeune homme est avec vous ?

— Oui.

— Deux chambres ?

— C'est ce que j'ai réservé.

— La 15 et la 16 communiquent.

Pablito assistait, agacé, à ces échanges superfétatoires, il posa une question dont il connaissait la réponse mais il voulait rabattre le caquet de ce concierge au babil indigent :

— Vous avez un voiturier ?

— Non, mais Gustav va s'en charger.

— Qui ?

— Le veilleur de nuit. *(Puis avec un zeste d'émerveillement impossible à dissimuler :)* C'est une Bentley qui est dehors ?

— C'est cela même, mon bon.

Alors que tout semblait réglé, Pablito ne put résister à la tentation :

— Est-ce que je pourrais voir la tête de ce Gustav ?

— Pourquoi ? Vous avez peur qu'il abîme votre belle auto ?... N'ayez aucune crainte, ce n'est pas la première fois que Gustav conduit une voiture de maître. *(Puis il ajouta avec une précision qui ressemblait à une assertion ésotérique :)* Gustav sait tout faire.

***

Arsène et Pablito rient dans leur chambre. Collégiens en goguette, ils s'amusent à passer d'une pièce à l'autre, commentant tel meuble, telle couleur de papiers peints, tel gadget, telle commodité inédite dans cet hôtel de luxe insolite. Rien, ni dans la façade ni le hall, n'indiquait une décoration kitch et futuriste. Mais Arsène avait fait les choses en grand et voulu que son premier voyage avec Pablito restât un souvenir.

— On se met en smoking ?... dit Arsène. Pour aller à la « Boule Noire », on se met en smoking ?...

— Tu en as pris un ?

— Toujours. Il faut toujours prévoir l'événement exceptionnel. J'ai même emporté ton blazer noir et un pantalon gris.

— Ne me dis pas que tu as pris deux nœuds pap ?

— Si. Je te le dis.

— Père, vous méritez de vivre.

— Je ne vais pas m'en priver. *(Il corrigea furtif :)* Le temps qu'il faudra, pas plus.

Pablito coupa toute éventualité de délayage :

— Il est huit heures, on ne va pas relancer. Tu vivras ce que tu voudras.

Quinze minutes plus tard, ils montèrent dans la Bentley.

— La nuit est à nous, dit Pablito.

— Je mets ma casquette ?

— Non pas tout de suite. On démarre en copains. Le cirque, ce sera pour l'arrivée devant la « Boule Noire ».

***

Pablito s'est installé pour contempler son père. Quel enfant de treize ans à peine aurait eu la chance de vivre un moment pareil. Partir en goguette avec son père Lévi-Cortès dans une Bentley-père-Noël en route pour l'aventure d'un premier amour ?

— Dis-moi, Arsène, tu n'as pas l'impression qu'on part en vrille ? On vient au Havre chercher oncle Gustav qui arrive de La Paz par bateau et on l'a complètement oublié, paumé en route. Ce n'est plus l'école buissonnière, c'est un détournement.

— Vis ta vie... Demain est un autre jour... Un grand jour !... Tu comprendras. Et si tu ne comprends pas je t'expliquerai.

— Ne te fatigue pas, je sais tout.

— On verra bien...

— Qui est ce Gustav ? Tu le connais ?

— Non.

— Comment tu le reconnaîtras ?

— Tu poses trop de questions...

— Je vais réduire... En attendant, il vaudrait mieux qu'on mange un morceau, tu sais à quelle heure commence le spectacle du « Night » ?

— 23 h 30. On ne va pas glander dans les rues pendant trois heures...

— Je te fais une proposition ?... On devrait aller se faire un petit dîner dans une pizzeria à côté de la « Boule Noire ». Généralement les artistes béquettent pas loin de leur théâtre. Avec un peu de chance, on y verra Laetitia Marlowe ?...

⁂

A 20 h 15 ils étaient installés à l'intérieur de la « Pizzeria Bimbo's » face à deux Campari. Arsène et Pablito sirotaient à menues lampées le biberon rouge amer. Bonheur affolé tapi dans les broussailles parfumées d'un mystère en sursis. L'amour attendait dans son box. Accusé, levez-vous !... Tchin-tchin ! On eût dit que le choc des coupes avait déclenché un signal : la porte à battants Western s'ouvrit comme si elle s'inclinait en révérence devant l'entrée de Laetitia Marlowe gigantesque reine de Norvège escortée de son mac, noiraud calabrais, chevelure brune et crépue, petit, l'œil repu de la bête fauve hébétée de n'avoir plus faim. Mais la vacuité de la sauvagerie semblait remiser. Un rai de lueur scintillait de sadisme impatient. Tout de suite, Pablito comprit que son rival l'entraînerait dans la violence et le sang. Fine mouche – l'amour, dit-on, abrutit ou donne du génie – le jeune Lévi-Cortès opta pour une approche diplomatique et chaleureuse. Il leva sa coupe de champagne puis très cosaque sabre en avant, il lança à la cantonade une invite que le prince Troubetskoï aurait applaudie :

— Honneur à la beauté ! déclama l'enfant énamouré en désignant Miss Marlowe. *(Puis s'approchant de la table de Laetitia, il s'agenouilla et délivra son destin :)* Je dépose à vos pieds mon âme pour une vie éternelle de sensualité et d'amour... Je sais, s'empressa-t-il d'ajouter, l'emphase romantique est rarement bonne conseillère, on n'est pas en forme tous les jours... Voulez-vous m'épouser ?

Comment résister à pareille aubade ? Laetitia regarda son proxo dont elle pouvait craindre, à tout instant, une réaction sanglante et incontrôlable. Elle décida d'aborder ce touchant débordement par le biais de l'humour :

— Quel âge avez-vous, mon grand monsieur ?

— Quatorze ans... Je me présente, Paul Lévi-Cortès, Pablito pour les amis...

— Permettez-moi de me présenter à mon tour, rétorqua Laetitia qui s'empressa d'ajouter pour éviter tout risque de susceptibilité... ainsi que mon fiancé Luigi Zamora. Je m'appelle...

Mais elle n'eut pas le temps de décliner son identité car Pablito ne voulait rien entendre d'autre que ce nom de guerre qui l'avait fait chavirer :

— Je sais, dit-il. Vous êtes Laetitia Marlowe. Et serez toujours Laetitia Marlowe quel que soit votre véritable patronyme.

— Mais c'est mon véritable nom ! gloussa dindon Laetitia.

— J'en étais sûr, intervint Arsène qui voulait s'inscrire dans le quatuor. *(Il se faisait velours et satin :)* Avez-vous le temps de déguster « sur le pouce » quelques spaghettis « Bolognaise » accompagnés d'un verre de chianti... et une glace au chocolat noir ?

C'est Zamora qui répondit :

— Vous nous invitez, on ne peut pas refuser.

Il avait insisté sur le fait d'avoir été invité. Pablo comprit que l'homme était avare...« Il doit sûrement piquer tout son argent à Laetitia... »

***

Arsène et Pablito se levèrent et se sont installés autour d'une table ronde au centre de la salle, précipitamment rejoints par Laetitia Marlowe et Luigi Zamora. La commande fut enregistrée par la patronne qui, à l'évidence, connaissait l'impatience du mac irascible. Au premier verre de vin, Luigi Zamora se mit à chambrer Pablito. Sous la moustache noire du Calabrais, le sourire serpentait sur les dents de porcelaine qui imposaient leur domination.

Arsène se pencha vers l'oreille du proxo :

— Combien ?

La proposition était claire. La réponse tomba froide :

— Mille euros.

Tel un prestidigitateur, Arsène glissa une liasse de billets dans la poche du veston de Zamora. Pablito était occupé par la contemplation de sa future femme et ne s'aperçut pas de la négociation.

⁂

On but et mangea joyeusement comme quatre carabinieri en permission retour d'Abyssinie. Pablito était sûr désormais que le géniteur de Zamora avait assassiné et torturé une bonne centaine d'Ethiopiens. Entre deux gorgées de chianti, il dit à haute voix :

— Les chiens ne font pas des chats.

Tout le monde considéra que cette réflexion n'avait guère de sens mais on l'attribua à la singularité des enfants dont chacun sait que le monde intérieur est indéchiffrable. Zamora, nouveau Crésus, mangeait de bon appétit, surveillant du coin de l'œil que le charme de Laetitia pénétrait la jeune sexualité de Pablito. Ayant roté, souri, le crépu se leva pour laisser seuls ses nouveaux amis de rencontre :

— Je vous laisse en amoureux... *(Puis s'adressant à Arsène, il crut bon de se mettre à niveau :)* A tout à l'heure, beau-papa... On se retrouve au « Night » ?

Pablito n'acceptait pas le ton du mac sicilien. Il agressa Zamora, sûr que l'exactitude de ses propos ne souffrirait aucune réflexion :

— Tu vas relever les compteurs, Zamora ?

Laetitia fut surprise. Luigi confirma :

— Exact, môme... Je vois que tu es très avancé pour ton âge...

Le proxo calabrais était déjà sur le pas de la porte lorsque Pablito le sonna comme un vulgaire videur :

— Hé Zamora ! Surveille la Bentley, y a cent euros à la clef pour toi.

Luigi sourit mais un nouvel uppercut lui fit perdre sa bonne humeur.

— Si tu croises Gustav en route, évite. Il est méchant et il a ses têtes.

Zamora eut quand même le bon réflexe. Il s'adressa à Arsène :

— Dis-moi, ton petit n'a pas l'air très clair... Tu es sûr qu'il ne va pas trop au cinéma ?

Arsène prit plaisir à entrer dans une réponse technique que personne ne lui demandait :

— Je ne sais pas, dit-il. Je crois qu'il a plusieurs cartes d'abonnement dans différents circuits mais on ne parle jamais de ce qu'il va voir.

— Surveille quand même...« Les anges aux figures sales » ça fait plus de cinquante ans qu'il est sorti en salle.

Et fort de sa culture cinématographique, Zamora se dirigea vers la « Boule Noire » où il savait pouvoir jouer aux « Bandits Manchots » pour faire fructifier ses mille euros tout frais. En effet, dans le hall du « Night » le taulier arménien avait fait installer quelques appareils à sous, sous la protection de la police des jeux. M. Ashot Arakélian balançait allègrement aux condés en contrepartie d'une aménité provisoire... Arak, de son surnom, le savait : avec le commissaire Moshe de Langeron c'était donnant-donnant. En prime bien sûr, de temps en temps, une blonde d'Europe centrale pour resserrer les liens.

***

Tandis qu'à la « Pizzeria Bimbo's » Arsène s'était dirigé vers le bar pour commander un cinquième Campari, Pablito et Laetitia se caressaient les mains si ardemment que la serveuse italo-normande leur murmura avec une véhémence enrouée :

— Mais embrassez-vous, bon sang!

— Non Gina, parlementait mollement Laetitia... il y a trop de monde... Et puis tu imagines si un client allait rancarder Zamora? Mais il me tuerait!... Et toi aussi peut-être si quelqu'un t'a entendue?...

— Je prends mes risques, fais comme moi.

Tous les clients étaient suspendus à la décision de Laetitia. Tous attendaient, suppliaient la victoire de l'audace. Alors Laetitia se leva. Elle sortit un sein qu'elle déposa sur les lèvres de Pablito puis, très Régence, elle présenta sa main au chancelant comme si elle l'enjoignait de la conduire à son carrosse. Et tout le monde entra dans la Bentley, Arsène au volant, les amoureux sur la banquette arrière.

⁂

La limousine avait stoppé devant la « Boule Noire ». Laetitia se faufila vers l'entrée des artistes, tôt aspirée par l'antre noirâtre d'un recoin grimaçant. Le groom galonné du cabaret se chargea de garer la Bentley tandis qu'Arsène et Pablito pénétraient, grandioses, dans le « Night » explosé par un tintamarre techno à vous assourdir Beethoven.

Après deux strip-teases en lever de rideau, Laetitia Marlowe apparut précédée par un jingle très Gershwin et tout embuée dans un halo de lumière vaporisée crachin fjord. Alors seulement Arsène quitta la table puis posa sa main sur la tête de Pablito pour le bénir. L'enfant connaissait ce geste de protection biblique. Il se leva, embrassa son père et s'installa dans la contemplation du corps et des ondulations de cette effeuilleuse en train d'engloutir sa vie. Il trempa ses lèvres dans la coupe de champagne puis, tel un écolier, il posa son menton sur ses paumes en corolle comme s'il assistait à un cours d'histoire de l'art.

Dehors, la pluie avait cessé de choir.

Arsène remonta le col de son smoking. Il se souvint qu'il avait écrit cette nuit-là :

« J'eus alors envie de cognac et m'en allai vers le port... »

Chapitre III

Arsène avait rendez-vous avec la nuit... Rituel fondamental. Lorsqu'il était au bord d'un gouffre ou d'une frayeur aux ruissellements insoupçonnables, il trouvait la réponse et l'apaisement dans la contemplation, le dialogue avec la nuit, son ciel noir, énigmatique, épais. Immobile.

Arsène marchait sur le môle. Il voyait vaguement dessinés flou, quelques bateaux et lampions, loupiotes anémiques qui ne revendiquaient rien. Tels des figurants de cinéma, elles attendaient un « renversement de lumière » pour vivre et obéir. Arsène sut gré à ces falots modestes de ne pas gêner sa concentration. Attendri, il murmura « Merci, les filles... ».

Et il s'est assis sur un bloc face à la mer.

— Mon Dieu, j'ai froid. TU as froid, aussi ?

Non, suis-je sot, Dieu n'a pas froid, Dieu n'a pas faim, IL ne pleure pas. IL regarde. IL regarde, c'est tout ce qu'IL fait ? IL entend. TU entends ? Bien sûr. TU n'es pas sourd. Pardon ? Je n'ai pas compris ce que TU as dit. TU coupes le courant quand TU veux ? Mais TU n'es pas sourd. Je suis content. Cela me fait plaisir. Si, si, je suis heureux pour TOI. Je peux parler ? Merci. On verra bien ? Mais oui bien sûr TU réponds quelquefois. Evidemment TU réponds. Je T'entends moi. Ah bon ce n'est pas TOI que j'entends, j'entends ma voix, mes pensées, mes émotions. Mes espérances ? Oh ! et puis j'en ai marre de toujours mettre des majuscules quand je parle de TOI. Maintenant ce sera plus simple, je te parlerai sans majuscules. Ce sera entre nous. Simple, direct. Je suis sûr que tu préfères. Je suis certain que tu en as un peu marre de tous ces lèche-culs qui jouent les révérencieux tremblotants. Qu'est-ce qu'ils savent ces gnomes, ces protozoaires érudits et chantonnant dans les églises et les synagogues ? Les mosquées aussi. C'est Fénelon qui a raison. Le quiétisme est la seule approche digne. Tu t'en fous ? Je ne dis rien d'autre. Donc, ce soir, on ne sait pas si tu as froid... De toute façon, je ne suis pas venu te parler de la température puisque c'est toi qui décides des conditions climatiques de la planète et d'ailleurs, probablement. Et puis, si tu as froid, j'imagine que tu dois avoir tout ce qu'il faut comme cachemires pour éviter de grelotter et d'ébrécher ta concentration. Cette nuit, vois-tu, face à la mer, je pense à Pablito que j'aimerais bien te « vendre » comme on dit en jargon théâtral. C'est un garçon remarquable et si tu ne l'as pas remarqué, c'est que tu es débordé. Ça t'arrive souvent ? Alors je vais t'aider. Tu sais tout ? Eh bien tant pis, je vais radoter. Quand on aime on ne doit pas craindre le ridicule... Tu connais sa mère. Tu l'as connue ?... Tu connais Laetitia Marlowe ? Tu ne vas pas dans les boîtes à strip-tease ? Tu te fous de ma gueule ou quoi ? C'est toi qui les as inventées, tu as tout inventé ! Ah bon, tu n'as pas envie d'en parler. Comme ça je préfère... Quoi un peu de révérence ! Si je ne peux pas parler librement avec toi, avec qui je vais parler ? Avec Gustav ? Au fait, dis-moi, c'est toi qui m'as envoyé ce télégramme de La Paz ? C'est une plaisanterie. Tu voulais rire... Je ne suis pas contre, tu dois t'ennuyer en Bolivie. Il ne doit pas se passer grand-chose en Bolivie surtout dans un bureau de poste. Tu es bien d'accord ? Ah bon, tu hausses les épaules. Tu t'en fous. Tu trouves que j'insiste ?... Et puis, qu'est-ce que c'est que cette Amanda ? D'où elle sort, celle-là ? Je n'ai jamais eu de belle-sœur qui s'appelait Amanda. D'ailleurs, je n'ai jamais eu de belle-sœur.

La réponse n'a pas tardé : « Mais si ! Réfléchis, tu vas trouver. »

— D'accord, d'accord, je deviens casse-pieds avec mon questionnement rétroactif... Parlons du présent immédiat. J'ai eu tort de laisser Pablito seul à la « Boule Noire » ? Et Gustav ?... On en parle un peu ? Ne me dis pas qu'il est dans le « Night » parmi les clients. Il veille sur Pablito, c'est ça ? C'est possible... Tu es sûr qu'il va arriver demain ?

***

Alors il s'est produit quelque chose d'extraordinaire dans le port du Havre : Dieu s'est mis à parler. En français évidemment. Mais quand je dis parler, c'est parler vraiment. Pas dans mon imagination. Parler, avec une vraie voix, timbre et diction. La seule originalité c'est que SA voix était exactement semblable à la mienne. Elle disait SES mots à LUI mais la tessiture et le phrasé étaient de moi. Ce n'était pas une imitation. C'était un décalque. Au début IL semblait s'amuser de ce clonage sonore. IL était à la fois grave et gamin. Allons bon, voilà que je me remets à lui coller des majuscules. Ce n'est plus de la vénération, c'est de la servilité. Je ressemble à une punaise de bénitier qui a eu un accès d'insolence et qui revient, tête basse, à son prie-Dieu. Non Seigneur, c'est trop facile. On revient à la simplicité ! Tu es descendu à mon étage, restons-y.

***

Lorsque Dieu avait parlé sa voix venait de la mer. Je ne sais pas pourquoi ça m'a plu ? Ce n'était pas Zeus c'était Neptune. Au Havre, sur le port, cela me paraissait presque logique... Moins dominateur, moins jupitérien. Au-delà de la surprise, j'ai voulu m'assurer que j'avais bien entendu sa voix, j'ai répété :

— Tu es sûr que Gustav va arriver demain ?

— Oui.

— Demain matin ?

— L'Amirauté se trompe rarement, dit-il. En tout cas je n'y serais pour rien. *(Puis il ajouta tel un gamin qui règle un vieux compte :)* Tiens, c'est comme ces prévisions météorologiques !... De quoi je me mêle, ces présentateurs télé qui viennent vous raconter la pluie, le soleil, la grêle, les éclaircies, les tempêtes... Quelquefois ça me fait sourire, d'autres fois ça me rend nerveux... D'ailleurs, comme tu t'en es rendu compte, Arsène, JE m'amuse souvent à les ridiculiser en déjouant leurs oracles pontifiants.

— C'est vrai... Combien de fois TU as l'air de leur dire : « Ah, il va faire beau demain sur la moitié ouest de la France ? » Crac boum la pluie ! Démerdez-vous...

— Au fait, Arsène, tu as remarqué que ces gens-là ne s'excusent jamais de s'être trompés. On ne les a jamais entendus dire : « Pour hier, pardonnez-nous... On vous avait promis du soleil et vous avez eu des trombes d'eau... » Enfin, c'est comme ça, c'est pas demain qu'on va changer ces cassandres improbables.

— Je suis d'accord avec TOI mais on ne va pas faire la nuit sur ce sujet...

— Non.

— TU n'es pas en train de me balader, au moins ?

— Mais non, voyons...

Chacune de SES syllabes vibrait d'un court écho. C'était étrange et impressionnant d'entendre ma voix tantôt dans son authenticité, tantôt chargée d'une vibration cahotique. Je suppose que cela devait L'amuser et moi je finissais par m'habituer... C'était devenu comme la règle d'un jeu insolite et apaisant. J'ai quand même insisté, bien que ma question ne me parût pas fondamentale :

— TU sais pourquoi il vient, Gustav ?

— Tu le sais aussi bien que MOI. Il vient parce qu'il a senti que tu l'appelais... Tu veux lui parler.

— Lui parler ?

— Oui ! Tu veux lui parler d'Anna ! JE ME trompe ? Tu crèves de sa disparition. Dix ans ?... C'est bien ça ?... Alors arrête de finasser veux-tu !... Tu es un sournois, Arsène.

Je n'ai pas relevé la provocation.

— Gustav sait où elle est ? Réponds-moi !... Il sait si elle est morte, folle, vivante ? *(J'ai questionné, hurlant :)* Anna est vivante ?...

IL avait l'air de jouir du silence. J'attendais SA réponse. Elle n'était jamais certaine. Je me disais, chaque fois : « Ce coup-ci, IL ne va pas me répondre. » Et puis si... IL répondait. J'ignorais, bien sûr, la teneur du propos mais jusqu'à présent le dialogue restait logique. J'avais peur aussi qu'IL changeât brusquement de langage et qu'IL s'exprimât en russe ou en norvégien. Cette nuit, je LE sentais capable de toutes les facéties. Mais non, IL était correct et restait à ma portée. Je L'en ai remercié. IL n'a rien dit. IL m'a simplement gratifié d'une petite tape sur l'épaule. J'ai sursauté comme s'IL m'avait marqué au fer rouge. Je suppose qu'IL a souri et comme pour s'excuser IL m'a caressé le mollet droit. J'ai cru que j'allais m'évanouir... Alors, pourquoi, qui le saura?... IL s'est mis à me vouvoyer :

— Vous êtes trop sensible, Arsène.

Je n'avais pas envie qu'on verse dans une analyse spectrale de mon affect et comme je ne voulais pas LE gonfler avec mon charabia psychanalytique, je m'la suis jouée genre : « On va à l'essentiel ».

— Bon, allez, on ne va pas dribbler les non-dits et les silences... Quand est-ce que TU me rappelles au Ciel ? L'enfer ou le paradis. Ou alors le purgatoire, j'aimerais assez. Je dis toujours : purgatoire-espoir. Parle-moi d'Anna ! TU sais, toi !...

A ce moment-là, il s'est mis à pleuvoir. J'ai eu l'impression qu'IL pissait sur moi. Je n'ai pas moufté, j'ai regardé le ciel et j'ai dit : Stop ! La pluie a cessé instantanément. J'ai quand même eu le bon goût de dire merci. Pas de réponse, bien sûr. C'était prévisible... Finalement Dieu est un peu comme moi, IL se lasse vite.

***

Je m'en suis retourné vers la « Boule Noire ». Je n'avais pas appris grand-chose si ce n'est la certitude que je pouvais toujours dialoguer avec la nuit. Quelque chose me disait que s'IL s'était laissé inviter une fois, IL reviendrait encore. J'espérais qu'IL ne me ferait pas le coup de Moïse sur le Mont Sinaï : une fois et basta!... En marchant je guettais un signe qui vienne m'en convaincre lorsque brusquement, de nouveau, IL me caressa le mollet droit. Là, j'ai cru défaillir... Et la phrase m'a échappé :

— Ah non! Je T'en supplie, ne me refais plus ça! Ou alors c'est la crise cardiaque assurée...

***

L'air était doux, les embruns du port sentaient l'iode et le romarin et mon cœur avait repris un rythme normal. Mais lorsque je suis arrivé à l'entrée de l'Impasse Sadi Carnot, j'ai ressenti une brusque accélération cardiaque en voyant les néons de la « Boule Noire » éteints, les vitrines des boutiques de lingerie fine, opaques, la ruelle immergée dans une obscurité sidérale.

La Bentley n'était plus devant la porte du « Night ».

Le désert. Personne à qui poser une question. Je n'allais pas, de nouveau, m'adresser à l'Eternel, j'ai mes pudeurs. Il ne me restait plus qu'à rentrer à l'Hôtel de l'Aigle manchot. Je pourrais toujours interroger l'enseigne impériale... qui sait ? Quand je parle, j'entends toujours quelque chose. C'est un don chez moi. Chaque phrase prononcée induit une réponse, ou un refus. Il suffit de tendre l'oreille. Mais avant d'aller tester le roi de l'Azur en marbre de Carrare, j'eus l'intelligence de passer à la « Pizzeria Bimbo's ». Souvent, après le spectacle les artistes vont se restaurer avant de partir en bringue, quand ils ne vont pas simplement se pieuter pour récupérer. L'enseigne du « Bimbo's » scintillait bravement et rotait quelques effluves de sérénades napolitaines. Je me suis approché, espérant trouver la Bentley en stationnement devant la Pizzeria. Rien. Quelques motos en déshérence qui bayaient aux corneilles. J'hésitai à entrer mais je me suis dit que c'était trop con d'être si près et de ne pas tenter une dernière exploration. J'avais à peine ouvert la porte du « Bimbo's » que Luigi se jeta dans mes bras, m'étouffant dans un « embraso » théâtral et gluant :

— Arsène, mon ami ! Mon ami ! C'est Dieu qui t'envoie ! *(Il ne croyait pas si bien dire.)*

Approche... Approche!... On va finir la bouteille de Valpolicella. In vino veritas! Tu sauras tout. Tout!

***

Puis prenant Arsène par les épaules, Zamora le dévisagea avec la gravité du légiste face aux parents d'un gamin qui vient d'exploser en moto.

— Moi aussi, je suis inquiet, dit-il. On est tous inquiets. Hein Gina?

Il prenait à témoin la serveuse italo-normande qui finissait de retaper son maquillage avant d'aller retrouver Etienne Langlois, le barman du « Tout ou Rien » à quelques encablures du « Bimbo's ».

Arsène regardait fixement Gina, guettant un début d'information mais le visage de la serveuse restait désespérément impavide. Elle n'avait peur ni d'Arsène ni de Zamora. Impatiente d'aller retrouver son mec au « Tout ou Rien », la disparition de Pablito commençait sérieusement à la gonfler. Elle se dirigea vers la sortie d'un pas décidé mais Arsène l'agrippa par le bras. Gina ne s'est même pas débattue.

— Ecoutez-moi, monsieur, votre fils je ne

l'ai plus revu depuis que vous êtes venus dîner avant d'aller à la « Boule Noire ». C'était la première et la dernière fois que je l'ai vu. Alors si vous êtes inquiet et que vous voulez des éclaircissements, vous parlez à Zamora et vous me lâchez le bras, vous me faites mal.

Arsène comprit qu'elle disait vrai. Il la laissa partir. Ne restaient plus dans la pizzeria que la patronne Mma Angelica, Luigi Zamora et Ashot Arakélian blême et limite tremblotant. Arsène sentit que c'était à lui qu'il fallait s'adresser :

— Toi non plus, tu ne sais rien ? Tu ne sais pas où est mon fils ?... Tu n'as pas une idée ?

— Qu'est-ce que vous voulez que je vous dise ? Je ne suis pas sa nounou. Vous laissez votre enfant d'à peine treize ans seul dans une boîte à strip-tease, vous revenez trois heures après et vous nous dites : « Où est mon fils ? »

Zamora voulut en remettre une couche. Entre deux gorgées de Campari, il réussit à laisser filtrer :

— Il a un peu raison, cet homme-là...

— Toi, tu fermes ta gueule et tu t'assois ! Personne ne sort d'ici ! On passera la nuit s'il le faut mais vous allez parler ! Qui ? Je n'en sais rien mais vous allez parler !

Lévi-Cortès se dirigea vers la porte d'entrée

du « Bimbo's », arracha la poignée et la jeta dans un recoin de l'établissement. Zamora n'appréciait pas ces allures de matamore politiquement correct. Il s'était senti vexé, humilié :

— On ne parle pas comme ça à Luigi Zamora, petit enculé ! Tu vas faire des excuses tout de suite ou je t'arrache la tête. *(Ce disant, le proxo calabrais sortit son rasoir, l'ouvrit et avança vers Arsène :)* Alors merdeux, tu te mets à genoux, oui !

Arsène avait fait un pas en arrière et saisi dans la poche intérieure de son veston un pic de sculpteur dont il ne se séparait jamais. Il l'avait fait jaillir de sa gaine de cuir et marchait vers Zamora qui comprit, instantanément qu'il ne s'agissait pas d'esbroufe et que sa dernière heure venait de sonner dans la « Pizzeria Bimbo's », Impasse Sadi Carnot au Havre, Normandie. Alors, il s'est assis, ôta ses lunettes noires de mafioso caricatural puis avec une naïveté surprenante, il entreprit un récit qu'il espérait sincère et rassurant :

— Je n'ai rien fait de mal à ton fils... J'aimais beaucoup Pablito...

— Pourquoi tu parles de lui au passé ? Il est mort ?

— Non... Je ne crois pas.

— Il a disparu ?

— Voilà, oui, c'est ça, il a disparu. Il n'est pas mort, il a disparu.

— Qu'est-ce que tu as voulu dire tout à l'heure quand tu m'as dit « tu sauras tout » ? Qu'est-ce que ça veut dire « tout » ?

— Justement, c'est ça que je voudrais t'expliquer. *(Puis il lâcha une invite presque inconvenante :)* Tu veux boire un scotch ?

Arsène était dans un tel état d'anxiété qu'il ne releva même pas l'incongruité de la proposition :

— Pourquoi tu dis qu'il a disparu ? Qu'est-ce qui te fait dire qu'il a disparu ?

Ashot Arakélian sentit que l'interrogatoire s'établissait comme une partie de ping-pong binaire et stérile. Il craignait un éclat, une réaction violente d'Arsène qui n'accepterait pas longtemps la redondance de ces réponses qui renvoyaient à la question qui renvoyait à la réponse. En fin taulier, connaisseur de l'âme humaine il décida de faire un pas pour relancer :

— Monsieur Lévi-Cortès, pour bien cerner les choses, mieux vaut commencer par le commencement.

La logique de l'Arménien fut acceptée et la parole accordée, sous haute surveillance.

— Monsieur Lévi-Cortès, j'ignore si vous le

savez, mais votre fils est un garçon extrêmement violent.

Zamora crut bon de confirmer gentiment :

— C'est normal, il tient ça de son père...

Arsène enjamba le propos et marcha vers Arak dont il avait entrevu la fragilité :

— Tu vas me dire ce qui s'est passé exactement, enculé d'Arménien ou je t'enfonce ce pic de sculpteur dans la gorge. Ta mort ne va pas être joyeuse, tu vas te vider de ton sang dans une agonie interminable et c'est pas cette fiote de Sicilien qui fera un geste pour toi... Alors crois-moi, parle, c'est mieux !

Arak jeta un regard vers Zamora qui piquait du nez dans ce qui restait de scotch au fond de son verre. Il sut qu'il ne fallait pas attendre grand-chose du mac calabrais uniquement préoccupé de sauver sa peau. Arsène comprit leur lâcheté singulière :

— Arak, je t'écoute.

— ... Tout avait bien commencé... Après votre départ, Pablito avait l'air d'apprécier les premiers numéros de strip-tease mais très vite tout s'est gâché avec l'entrée en scène de Laetitia Marlowe. Au début, votre fils semblait se régaler de la virtuosité de Miss Marlowe et puis je ne sais pas ce qui lui a pris brusquement, il s'est dressé comme un fou, secoué par une crise de jalousie due sans doute au fait que d'autres hommes puissent profiter du corps et des provocations de Mademoiselle Laetitia !

De nouveau, Zamora intervint en écho, à croire qu'il cherchait la balle perdue :

— C'est vrai qu'elle est belle cette salope...

Luigi, toujours inconscient, continuait à commenter chaque intervention du taulier arménien. Mais cette fois, sa réflexion avait plongé la « Pizzeria Bimbo's » dans un silence incontrôlable. Arak sentit immédiatement le danger :

— Ne faites pas attention à lui, monsieur Lévi-Cortès. Ce pauvre homme est soûl, il n'est pas dans son assiette, il ne sait plus ce qu'il dit.

Zamora recommençait à parler en duplicata :

— C'est vrai Arsène, je ne sais plus ce que je dis, j'ai plus ma tête. *(Puis, s'adressant à Mma Angelica, il demanda la bouteille de Campari :)* Laisse-la sur la table, je me servirai.

Arsène était submergé par une telle méconnaissance du danger :

— Dis-moi, Zamora de mes couilles, tu réalises que dans quelques secondes je vais t'égorger comme un porc boiteux ? *(Arsène saisit Luigi*

Zamora par les revers de son veston et le souleva de sa chaise. Il soufflait sur son visage plus qu'il ne parlait :) Zamora, tu as déjà vu un porc boiteux ?

— Non, dit le mac calabrais étonné de son ignorance.

— Eh bien, tu vas en connaître un, tout de suite.

Et saisissant la bouteille de Campari, Arsène fracassa le tibia gauche du proxo qui poussa un hurlement à émouvoir une forêt de séquoias. Luigi Zamora se tenait la jambe gauche et claudiquait vers la sortie. Impossible de s'échapper : le loquet avait été extirpé et jeté dans un coin de la pizzeria.

Alors, ultime surprise, Luigi Zamora se mit à pleurer, en hurlant :

— Maman !... Mama cara !... Meine kleine muter !... Secours-moi ! Je t'en supplie, aide-moi !... Mama ! Mama !...

Arsène se demandait s'il rêvait. La scène à laquelle il assistait relevait de la fantasmagorie. Ce mac calabrais dont la veulerie devait sûrement s'accompagner d'actes de barbarie et de sadisme, était là devant lui, en train d'appeler sa mère en reniflant sa morve et sa souffrance. Encore un effort et Arsène l'aurait imaginé, guitare à la main, en train de vocaliser sa malédiction. Et tout à coup... Luigi Zamora se mit à chanter!... Mais sa jambe gauche ne le portant plus, il s'effondra sur le sol et commit l'erreur fatale : il s'adressa à Dieu.

— Seigneur, j'ai mal!... Aide-moi!... Je n'en peux plus... Mon Dieu!... Mon Dieu!...

C'était trop! Arsène éructait, vociférait :

— Non! Non! Non! Pas ça! Pas Dieu! Pas Dieu! Non, mais tu imagines que Dieu va répondre à un pauvre trou-du-cul comme toi?! Tu peux imaginer, ça? J'ai parlé hier avec LUI toute la nuit, et je peux te dire qu'IL n'a jamais fait allusion à ta tronche! IL ne parle pas aux protozoaires, aux amibes, aux spermatozoïdes frauduleux. Dieu ne parle pas à n'importe qui! Dieu ne parle pas à tort et à travers! Dieu ne parle ni aux pitres ni aux sordides! *(Arsène avait perdu la tête, il hurlait :)* IL ne parle même pas aux femmes!

Ashot Arakélian ne supporta pas ce désaveu et s'enhardit jusqu'à poser une question :

— Comment le savez-vous?... Comment savez-vous qu'IL ne parle pas aux femmes?

Arsène était devenu étrangement calme. Il expédia, négligemment :

— Ce serait dans tous les magazines féminins.

M. Arakélian aurait désiré enclencher une

controverse qui l'eût éloigné de la question centrale. Trop tard. Elle vint s'écraser sans crier gare sur le visage cireux du taulier de la « Boule Noire » :

— Où est mon fils, Ashot Arakélian ?... Où est mon fils ?

L'Arménien fut tenté de réitérer ses dénégations mais lorsqu'il vit le pic du sculpteur approcher de sa gorge, il sentit que ses palinodies lui seraient fatales.

***

Arsène avait compris qu'il fallait changer de braquet, il se mit à hurler, enfourchant une autre perspective :

— Où est la Bentley ?... Elle a disparu, elle aussi ?

Luigi Zamora se jeta sur cette option de fugue providentielle :

— Voilà, c'est ça !... Ils ont tous disparu ensemble...

— Oui, confirma Arakélian... Votre fils et Miss Marlowe ont quitté la « Boule Noire » dans la Bentley... Ils avaient l'air heureux.

Luigi Zamora confirma, déraisonnable :

— Ils chantaient.

— Et ils sont allés où ?

Le proxo calabrais crut que l'on s'engageait dans une conversation et proposa une interrogation bonasse :

— Alors là, hein Arsène ?... Qui peut dire ce qui se passe dans la tête des amoureux ? Hein Arsène ? Qui peut le dire ?... Hein Arsène ?...

Ashot Arakélian s'inquiétait de ce que pouvait provoquer l'usage familier et intensif de ce « hein Arsène », post-it baveux accolé sur la joue d'un homme prêt à faire exploser le « Bimbo's », la « Boule Noire », l'Impasse Sadi Carnot, le Havre et la Normandie.

— Monsieur Lévi-Cortès, dit-il, ramenant son interlocuteur à une appellation mieux ajustée, je crois savoir qu'ils avaient parlé d'une balade sur les falaises d'Etretat.

— Qui « ils » ? interrogea Luigi, décidément incontrôlable.

L'Arménien se demandait si le mac crépu n'était pas en train de s'enfoncer dans une attitude suicidaire. Sa réponse tomba simple :

— Voyons, Luigi, quand je dis « ils », je parle de Laetitia et Pablito.

— Eh bien, il fallait le dire, c'eût été plus gentil, rétorqua le Calabrais tout étonné par l'emploi de son passé du subjonctif *(Il insistait :)* Oui, c'eût été plus simple et on ennuierait moins le papa de Pablito. *(Puis pour faire bonne mesure, il ajouta plein d'une fervente compassion :)* C'est dur pour un père de vivre une telle anxiété...

Arakélian priait pour que Luigi n'ajoutât pas, en fin de phrase : « hein Arsène ?... » Un silence indéfini répondit à la prière de l'Arménien qui époussetait sur son veston quelques brindilles de terreur en liste d'attente.

Chapitre IV

Les falaises d'Etretat contemplaient la mer avec compassion.

Là-bas, l'Angleterre... Londres peut-être ?...

A l'intérieur de la Bentley agrippée prudente à une vingtaine de mètres du précipice, Laetitia et Pablito, nus, dans la fraîcheur de la nuit, écoutaient les vagues floquer contre les rochers.

Ils avaient fini de faire l'amour et tout leur parvenait délice. Frou-frou de l'eau dentelle, parfum des embruns, Mahler diffusé miraculeux, tout droguait les amants de torpeur extatique. Pablito avait pris le visage de Laetitia dans ses paumes et la dévisageait avec une telle intensité qu'elle entraîna sa voix. Il ne voulait pas rayer le mur de satin. Pourtant...

— Laetitia, dit-il, je sais que jusqu'à ma mort je garderai intact cet instant... *(Il n'arrivait pas à échapper à la grandiloquence. Il hésita, puis redoubla :)* Merci de m'avoir fait connaître l'amour pour la première fois. Je suis un autre. Je le sais ! *(Puis tout à trac, il installa :)* A partir de cette nuit, je voudrais que tu m'appelles Paul.

Laetitia comprit l'importance de la métamorphose.

— Paul, je veux que tu saches... Moi aussi, je vis le moment le plus complet de ma vie.

— Tu auras un enfant, Laetitia, Dieu me l'a dit cette nuit.

Rien ni personne, jamais, ne séparerait ce couple. Pablito désirait cet enfant, de toutes ses forces. A défaut de « tuer le père », il tuerait l'enfant qu'il craignait de demeurer sempiternellement. Il deviendrait un père lui aussi, échapperait à la personnalité dominante de ce Lévi-Cortès bardé de qualités et de séductions intenables. Arsène ne serait plus le seul père, ils seraient deux et si Laetitia lui donnait un garçon, il reprendrait le sceptre. Pourtant, Dieu sait qu'il ne s'était jamais mis en compétition avec ce père icône.

***

La nuit continua, cliquetis indolore. Pablito songea qu'il faudrait revenir au Havre avec Laetitia. Il aurait bien aimé bivouaquer pour l'éternité sur cette plate-forme qui dominait les falaises d'Etretat, devenues bornes intemporelles entre avant, maintenant et après. Bien sûr, ils reviendraient en pèlerinage, rêveraient en nostalgie mais rien ne remplacerait les minutes présentes qui attendaient de lever le camp, hésitantes et honteuses de quitter le festin. Comme toujours ce sont les femmes qui font claquer le courage :

— Nous rentrons ? dit Laetitia.

— Oui.

***

La voiture roulait vers Le Havre. Laetitia conduisait comme si de toute éternité elle avait piloté Rolls, Jaguars ou Bentleys. La beauté, l'élégance, une princesse...

— Tu sais que je suis une call-girl « occasionnelle » ? *(Pablito n'avait pas compris, elle précisa :)* Une escort-girl !...

Désarroi. Laetitia préféra jouer son va-tout, elle l'assomma :

— Une pute.

— Tu ne l'es plus. Tu m'aimes.

— Oui.

Laetitia rangea la Bentley sur une esplanade le long de la Nationale 18. Elle ne pouvait plus conduire, l'émotion l'étranglait :

— Paul, il faut que tu saches... comment...

— Comment quoi ? Le strip-tease, Zamora ? Mais je m'en fous !... Il ne s'est rien passé avant cette nuit.

— Rien... Je suis née ce soir dans tes bras.

— Moi aussi.

Elle embrassait les mains de Pablito, louve ressuscitée, mordit ses doigts.

Et ils firent l'amour de nouveau. Ils avaient quitté le monde, personne ne les attendrait.

— Tu ne veux même pas savoir où je suis née ?...

— Tu es née dans le Périgord.

— On marche comme ça...

Ils riaient tous les deux. Le jour se leva.

***

Avant de redémarrer, Laetitia lui offrit le volant comme si elle offrait sa vie.

— Tu veux conduire ?

— Je ne sais pas.

— On va prendre de l'essence à la prochaine station-service et je t'apprendrai les rudiments.

— Décidément tu m'auras tout appris cette nuit...

La Bentley quitta souplement son terre-plein et roulait sur la route, disciplinée.

— Tu ne m'as pas dit pourquoi tu avais atterri au Havre avec ton père ?

— Mon père est venu attendre un parent. Un oncle qui arrive de La Paz par bateau... Ce matin à 10 h 30.

— Tu le connais cet oncle ?

— Non. Et je crois que mon père non plus ne le connaît pas.

— Ton père ne le connaît pas et il vient de Paris pour l'attendre à son arrivée au Havre ? Tu n'es pas surpris ?

— Non. Il s'appelle Gustav. Il vient de La Paz...

— Et c'est parce qu'il s'appelle Gustav que ton père a fait ce voyage pour l'accueillir ? Avec toi ?

— Evidemment !

La réplique de Pablito avait jailli avec une telle évidence que Laetitia comprit qu'il fallait donner du temps au temps.

***

A deux heures du matin, sur la Nationale 18, entre Lusigny et Berbizieux un énorme chien roux qui avait perdu sa mère traversa la route en hurlant à la mort.

— Je connais ce chien, j'ai entendu sa douleur, dit Pablito. Il cherche sa mère et il sait qu'il ne la trouvera pas. Alors il court... Cela ne m'étonnerait pas qu'on l'aperçoive demain matin sur le débarcadère en train d'attendre Gustav.

— Gustav ?... Quel rapport avec ce chien fantôme ?

— Gustav sait tout. Il est la connaissance et l'espérance. Gustav c'est l'ami qu'on a perdu et qui va revenir, la mère indicible et suppliée, Gustav c'est l'ami qui va bientôt vous parler, vous consoler, diriger puis disparaître élégant mais vigilant, narquois derrière l'horizon. Un assesseur de Dieu. Le Messie peut-être ? C'est ça Gustav.

— Comment sais-tu ça, toi ? C'est ton père qui te l'a dit ?

— Non. Je l'ai compris. C'est élémentaire... Fondamental.

— Tu as de ces mots... Fondamental...

— Ben oui... On a toujours besoin d'un Gustav. Soit s'il est parti soit qu'il revienne. On l'appelle... Quelquefois il vient, quelquefois il se fait désirer... Mais dans les deux cas, il hante et passe... Tu n'as pas de Gustav, toi ?

Laetitia dévisagea Pablito :

— Depuis cette nuit, je l'ai mon Gustav... *(Elle lui caressa la joue d'un regard parfumé.)* Et tu sais comment il s'appelle ?

— Oui. Il s'appelle Paul. Mais quand tu en auras besoin et qu'il reviendra, tu l'appelleras... comme tu voudras.

— Je crois que pour te faire plaisir, je l'appellerai Gustav...

— Tu verras, les choses iront mieux...

— Si c'est toi qui le dis... *(Silence)* Quelle aventure toi et moi !... J'ai l'impression de vivre un cauchemar délicieux. J'ai peur de l'avenir et en même temps, je m'en fous.

Un aigle vint se poser sur le capot de la voiture, obstruant, d'une seule aile, toute visibilité.

— Va-t'en connard ! hurla Laetitia.

L'oiseau s'envola, éphémère. Ephémère comme ce gros chien roux qui avait traversé la route et qui devait gambader dans les fougères, appelant sa mère.

— C'est vrai qu'il était énorme ce chien ! dit Laetitia.

— C'était un Léonberg.

— Tu as peut-être raison... Il ressemblait à un lion.

— Tu crois qu'il va retrouver sa mère ?

— Je ne sais pas... Et toi ?

— Je l'espère...

Laetitia enjamba la dérobade :

— Ne fais pas semblant de ne pas avoir compris. Je te demande si tu crois que toi aussi tu vas retrouver ta mère.

— Comment sais-tu que je la cherche ?

— Je suis une femme.

Pablito eut peur soudain, de lui demander son âge. Si jamais elle lui répondait : « J'ai trente ans » ou même « J'ai vingt-huit ans »... La panique. Pablito ne pouvait imaginer une vie sans elle. Elle viendrait à Paris avec lui, irait le chercher à la sortie du lycée... Qu'est-ce qu'il dirait à ses copains ? C'est ma tante ?... C'est ma cousine ?...

Comme si elle pressentait ce charivari dans la tête de ce gosse extasié face à elle, elle lui confia :

— J'ai dix-neuf ans.

Jamais, je crois, Pablito n'entendit musique plus douce... dix-neuf ans...

Il prenait confiance en l'avenir. Il le dirait à son père : « Elle a dix-neuf ans... Et alors ? Elle n'a que six ans de plus que moi. »

Il oubliait simplement que c'était la moitié de son âge mais l'apparence reprenait force : il était plus grand qu'elle, plus fort. Ils feraient un beau couple, un couple assorti. Et puis ils étaient beaux, tout serait balayé. Bien sûr, il y aurait quelques connards au lycée qui feraient les marioles en découvrant cette déesse blonde l'attendre à la sortie, le prendre dans ses bras, l'embrasser et l'entraîner en courant main dans la main. Des jaloux. Surtout il craignait ce petit enculé de Diégo Suarès avec son bagout et son humour à la con. Ce merdeux dominait la classe avec son esprit et ses formules dévastatrices qui circulaient dans les cours de récréation. « S'il fait une réflexion tordue, je lui éclaterai la tête contre un des piliers du préau... » Mais toute cette vie nouvelle que Pablito échafaudait à Paris avec Laetitia induisait bien sûr qu'elle le suivrait, changerait de vie, jetterait Zamora comme un trognon d'orange pourrie dans une bouche d'égout. Mais accepterait-elle ce bouleversement ? Quitter Le Havre, son métier, ses amies, ses habitudes, une vie violente sans doute mais pleine d'inattendu, de joies déconnantes, caprices, fringues, voyages, pognon, rigolades... Et en échange de quoi ? Une vie de mémère avec un petit pépère de douze ans et demi à qui elle ferait réviser ses leçons ? Elle se lasserait vite et un jour elle disparaîtrait, le plongeant dans le désespoir. Non, il ne voulait pas de ce « deal », de cette perspective. Laetitia travaillerait, changerait de boulot, gagnerait sa vie... Arsène trouverait, il aura des idées... « Si elle m'aime » pensa-t-il, tout deviendra possible, drôle, insolite, rare comme leur amour, leur rencontre, leur destinée. Pablito se disait que le meilleur moyen de connaître la position de Laetitia était tout simplement d'en parler. Chacun ferait connaître son désir, ses arguments. Tout le chemin du retour fut consacré au projet d'avenir.

— Dès qu'on arrivera au Havre, on ira à l'Hôtel de l'Aigle manchot.

— Tu crois que ton père y sera ? dit Laetitia.

— On va s'en assurer tout de suite... Tu as un portable ?

— Oui.

— On l'appelle.

⁂

Lorsque le téléphone sonna, Arsène décrocha. Il était au « Bimbo's ». Face à lui, Luigi Zamora, caressait le bandage de fortune que lui avait confectionné Mma Angelica. Il espérait toujours l'appel d'un médecin de nuit alerté par Arakélian mais l'Arménien avait demandé l'horloge parlante, simulant l'inquiétude, donnant l'adresse du « Bimbo's », racontant la jambe fracassée de son ami et obtenant pour toute réponse, un sempiternel : « il est exactement 2 heures 17 minutes et 22 secondes... » puis « il est exactement 2 heures 17 minutes et 24 secondes... » à quoi répondait chaque fois un détail du taulier, un « merci », un « à tout de suite ». Conversation surréaliste qui avait apaisé un temps le proxo calabrais agrippé à l'espoir d'un secours imminent qui tardait... Aussi, lorsqu'il entendit sonner le portable d'Arsène, Zamora poussa-t-il un hurlement d'espoir :

— C'est lui ? C'est le médecin ? Il vient ? Il vient ?... Répondez, bordel de merde !... Il vient ? *(Puis devant le regard réprobateur d'Arsène, Zamora s'écrasa humblement :)* Pardon pour ma grossièreté...

Arakélian avait changé de camp :

— Tu es pardonné... « Bordel de merde » n'est pas une telle grossièreté...

Luigi revint à la charge :

— Le docteur va venir ?... Il va venir ?

Pendant les suppliques de Zamora, Arsène continuait la conversation avec Pablito. Il apprenait l'essentiel et proposa qu'on le rejoignît au « Bimbo's » plutôt qu'à l'Hôtel de l'Aigle manchot. Mma Angelica suppliait qu'on la laissât partir. Pour elle, l'incident était clos. Le prolonger relevait du sadisme. Permission refusée. Allez savoir avec ces maquerelles napolitaines... Elle aurait été capable d'alerter quelque flic ou condé qui avaient, chez elle, table ouverte.

— Je vous en supplie ! gloussait Angelica, piètre tragédienne. J'ai mes enfants qui m'attendent...

Mma comprit instantanément que son couplet ne marchait pas et proposa un contrat plus réaliste :

— Soyez sympa, monsieur Lévi-Cortès, laissez-moi partir, je vous donne ma parole que j'irai pas aux flics.

Mais sous le regard d'Arsène et le sourire d'Arakélian, elle comprit que sa parole ne présentait pas de garantie suffisante. Alors, contre toute attente, elle changea radicalement de comportement et se servit un énorme Campari dans un verre à bière. Elle but comme si elle commençait sa nuit. C'est Ashot Arakélian qui proposa l'idée velours :

— Angelica, dit-il, viens avec moi à la cuisine, on va installer une table sur la piste et on se fera un petit souper à la calabraise. Tu vas nous préparer tout ça, la tension va retomber... Proverbe arménien : « Toute forme de sagesse est bonne à prendre quand l'inconnu se fait attendre. »

— On attend qui ? se contenta d'interroger Luigi Zamora qui commençait à s'abandonner au martyre.

⁂

La Bentley stationnait devant l'Hôtel de l'Aigle manchot.

Laetitia terrorisée n'arrivait pas à se décider. Rien ne parvenait à la faire fléchir. Les arguments de Pablito s'évaporaient comme vapeurs d'éther sous le nez d'une strip-teaseuse.

— Réfléchis enfin, Laetitia ! Qu'est-ce que tu peux craindre d'un naze comme Zamora ? En face de mon père et moi, il va se déballonner à la vitesse grand V, c'est une larve, tu n'as pas encore compris ?

— Tu es un bébé, Pablito, tu ne sais pas de quoi ce type est capable... Je ne veux pas qu'il t'arrive quoi que ce soit... Je me le reprocherais toute ma vie !

— Mais qu'est-ce que tu veux qu'il m'arrive ? Je ne vais ni le provoquer ni m'agenouiller, je vais négocier. C'est de l'argent qu'il voudra, j'en suis sûr. Ce ne sera pas la première fois qu'un homme sort une call-girl de ce milieu contre un dédommagement...

— Je ne suis pas une marchandise.

— A plus forte raison... C'est lui qu'on paiera, lui qu'on achètera. Et comme il est trop con pour comprendre la manœuvre, chacun y trouvera son compte et nous, le chemin de la renaissance, de...

— De l'amour ?...

— Oui, de l'amour. Il n'y a que ça qui compte. Si tu m'aimes, tu dois accepter.

Laetitia le regardait fixement, figée dans une prémonition qui la tétanisait. Pablito comprit qu'il fallait changer de stratégie. Il aimait trop sa femme pour la traîner vaille que vaille, dans une pizzeria de l'Impasse Sadi Carnot, à tenter de mettre au clair une situation dont l'issue risquait de les plonger dans le sang. Pablito était prêt à tout et il connaissait assez son père pour savoir qu'il n'accepterait jamais d'abandonner le bonheur de son fils à des menaces de proxo. Les rasoirs brandis, tournoyés sifflant, il en avait vu suffisamment à la sortie des bistrots de la rue Saluste et de la rue Génina lorsqu'il rentrait chez lui dans le Bario Chino pour ne pas trembler devant la première lame brillant sous les réverbères d'une ruelle du Havre.

Son père lui en avait raconté des histoires de balafres et de hurlements de filles défigurées !... Il savait qu'Arsène serait à la hauteur. Tout ça le rajeunirait... Pablito sortit de ces souvenirs pour plonger dans la décision :

— Ne crains rien, Laetitia, tu ne vas pas venir avec moi au « Bimbo's »... Tu m'attendras ici. Je vais t'installer dans une chambre de l'Hôtel de l'Aigle manchot... *(Pablito eut envie de détendre l'atmosphère :)* Tu aimes le nom de l'hôtel ?

— Oui. *(Laetitia sourit, larme à l'œil.)*

— Tu as eu peur sur la route lorsque l'aigle s'est posé contre le pare-brise ?

— Oui, j'étais terrorisée. J'avais peur de perdre le contrôle de la voiture... J'y ai vu un mauvais présage...

— Eh bien tu vois *(il désignait l'aigle en marbre de Carrare)*, c'est un bon présage puisque tu vas m'attendre sous son aile protectrice en t'évitant d'affronter la violence et la connerie des hommes. N'aie pas peur, tout va s'arranger. Je serai de retour ici dans une heure...

— L'aigle de la route ne va pas revenir ?... dit Laetitia, chatouillant la minauderie de ses dix-neuf ans.

— Ne te fais pas de soucis... Les aigles aussi, sont craintifs et superstitieux... Dès qu'il se trouvera en face d'un aigle en marbre de Carrare multicolore et de cette taille!... il s'enfuira, sûr d'être en face d'un épouvantail... Fais-moi un sourire.

Laetitia sourit et monta dans sa chambre.

Délice de l'attente...

***

Pablito héla un taxi :

— Pizzeria Bimbo's!

Chapitre V

Au milieu de la piste de danse, Luigi Zamora et Arakélian finissaient leurs tagliatelles à la carbonara. Mma Angelica et Arsène guettaient aux deux extrémités de la table. La méfiance s'exprimait en cliquetis prudents. Fourchettes et couteaux évoluaient en rassurante chorégraphie. La moindre velléité d'agression eût été sèchement sanctionnée. On était ici pour attendre la paix. L'incertitude et la peur venaient d'être balayées par un coup de téléphone, Pablito arrivait, on pourrait distribuer les cartes. Le docteur Rolland Olivérès offrait les derniers conseils à Zamora qui émergeait de son coma doloris. Emotion de voir trépasser « l'estropié transalpin » – pour reprendre l'expression d'Arsène – Arakélian avait été autorisé à faire appel à un gynécologue marron spécialisé dans les avortements clandestins de certaines strip-teaseuses de la « Boule Noire ». Rolland Olivérès était accouru, soûl comme un Maltais exilé en Normandie, et il s'était mis immédiatement en demeure de remettre sur pied son pote Luigi Zamora dont il avait cureté pas mal de tritons. Rolland Olivérès était un queutard et un flambeur irrécupérable et joyeux. Autant son pote Zamora avait la sexualité et le jeu besogneux, autant le docteur brûlait tout, en dansant.

Lorsque Pablito descendit de son taxi, il ne se doutait pas qu'il tomberait au milieu d'un souper insolite.

⁂

Dès qu'ils aperçurent Pablito, les cinq convives se dressèrent comme s'ils se trouvaient face à la statue du Commandeur. Pablito se tenait roide et grave, marmoréen. Emotivité de l'enfance, il venait de découvrir l'angoisse rétrospective d'Arsène qui lui ouvrait pudiquement les bras. Pablito a fait un pas de côté pour signifier que l'émotion de leurs retrouvailles ne devait pas avoir lieu sur le même territoire. Mma Angelica comprit que seule la voix humaine pouvait amorcer un début d'apaisement :

— Je vous sers un Campari, mon beau jeune homme ?

— Non. Je préfère rester debout. *(Puis s'adressant à la tablée :)*... Mais vous pouvez vous rasseoir.

Luigi Zamora et Rolland Olivérès s'interrogèrent du regard.

Ils se sont assis, promptement imités par Arakélian qui voulait éviter toute singularité. C'est Pablito qui ouvrit le bal :

— Ça ne t'intéresse pas de savoir où est Laetitia ? Zamora, j'te parle ! Ça ne t'intéresse pas de savoir où est Laetitia ?

— Si...

— Parle plus fort, je ne t'entends pas.

— Si, si... Ça m'intéresse.

— Pourquoi ?... Tu l'aimes ?

Arsène était venu se placer derrière son fils pour bien exprimer qu'il lui déléguait la conduite des opérations. Il savait que Laetitia attendait dans la chambre n° 15 de l'Hôtel de l'Aigle manchot et il s'apprêtait à présider un étrange tribunal où deux procureurs debout s'adressaient à une tablée de prévenus, coupables imminents. Pablito voulait que tout soit clair et posa une question furtive dont il n'attendait rien d'autre qu'un éclaircissement :

— Qui c'est celui-là? dit-il en désignant Rolland Olivérès.

Zamora répondit comme s'il lui présentait l'avant-centre de son équipe de basket-ball :

— C'est Rolland Olivérès. *(L'information n'apportant rien de bien neuf, il ajouta pour valoriser son copain de bringue :)* C'est un docteur... un vrai docteur... Un médecin!

— Qu'est-ce qu'il fout ici? Il y a un malade?

Mma Angelica et Arakélian se consultèrent du regard pour savoir qui des deux allait expliquer la présence d'Olivérès. Ce fut l'Arménien qui décida de se charger du récit. Il se méfiait de l'émotivité de la matrone italienne dont la confusion aurait risqué d'exaspérer la fébrilité de Pablito :

— Montre ta jambe, Luigi!

Fier comme s'il exhibait une blessure reçue sur le front de Monte Cassino, Luigi souleva sa jambe dont le tibia avait été martyrisé :

— Voilà!... C'est ton père qui m'a fracturé le tibia d'un coup de bouteille de Campari.

— J'imagine que ce n'était pas pour trinquer, il devait bien avoir une raison à ça? Quelle raison?

— Je l'avais contrarié...

Arakélian espérait qu'Arsène répondrait puisqu'il était le plus directement concerné mais le père de Pablito prenait plaisir à voir le camp adverse s'empêtrer dans une peur merdique. Pablito était revenu sain et sauf, plus rien d'autre ne le préoccupait. Devant le silence sadique d'Arsène, Zamora se jeta à l'eau, décidé d'en finir, pour se précipiter à l'hôpital avec son pote Rolland et commencer une vie nouvelle loin de ces deux Parisiens à la con qui lui avaient niqué sa fin de semaine.

— Ton père voulait savoir où vous étiez toi et Laetitia ! *(Zamora s'était mis à hurler :)* Voilà ! Tu es content ?...

Pablito sourit, il ne se laisserait pas impressionner par ce brusque accès d'énergie. Il travaillait son enquête, la rhétorique valait précision.

— Mon père voulait savoir où nous étions passés Laetitia et moi et c'est pour ça qu'il t'a bousillé la jambe ou bien c'est parce que tu ne voulais pas lui répondre qu'il t'a niqué le tibia ?

— Voilà c'est ça ! C'est ça ! sous-traitait Zamora. C'est parce que je ne voulais pas lui répondre... Et ne me demandez pas pourquoi ?... C'est parce que j'avais peur. Il était comme fou !

Pablito se retourna vers son père qu'il trouva très calme, presque souriant...

Luigi commençait à trouver de l'assurance dans sa révolte.

— Maintenant ton père rigole oui, mais si tu l'avais vu hier soir... c'était Mike Tyson shooté au crack.

Heureusement Rolland Olivérès, étranger au drame, exhiba la bonne carte :

— Bon, écoutez, on ne va pas ergoter, radoter toute la matinée... Monsieur Lévi-Cortès, on va conclure si vous voulez bien : Vous avez retrouvé votre fils, vous avez estropié Zamora, tout est en ordre. On arrête !

On venait de l'interpeller, Arsène répondrait himself.

Passant calmement devant son fils, il se planta au premier plan pour montrer qu'il tiendrait désormais le rôle central.

— Combien ?

Curieusement et bien que l'interrogation ne fût reliée à rien, tout le monde semblait avoir compris. Mais pour que la signification soit encore plus explicite, Arsène répéta :

— Combien pour libérer Laetitia ?... Combien pour qu'elle parte avec nous ?

Zamora ouvrit de grands yeux dont on ne savait pas s'ils exprimaient la surprise d'une transaction aussi abrupte ou s'ils réfléchissaient au prix à demander. Mma Angelica – c'était plus fort qu'elle – se mit en devoir de jouer les entremetteuses attendries :

— C'est que c'est une belle plante que vous voulez !... dix-neuf ans... Pas de famille... Pas beaucoup servi... Vous n'achetez pas une occasion...

Ashot Arakélian comprit tout de suite que ce chapelet de qualités maladroitement égrenées risquait de faire exploser Pablito.

— Taisez-vous, madame Angelica ! tonna l'Arménien. Cessez de vanter la marchandise comme s'il s'agissait d'un stock de gorgonzola ! Il s'agit d'un être humain ! Une femme ! Jeune et jolie...

Rolland Olivérès voulait en être, il ajouta : *(pourquoi ? qui le saura ?)*

— Et sensible...

Zamora ayant écouté s'accumuler tant de qualités sur sa pouliche, lança un prix :

— 500 000 francs !... En euros, ça fait 80 000 €... Comme vous voyez, ce n'est pas énorme.

L'équivalence francs-euros gambadait chevau-légers dans la tête d'Arsène. Il regarda Pablito pour chercher réponse. Devant le silence explicite de l'enfant, tout le monde comprit que l'affaire était dans le sac.

— Marché conclu ! dit Arsène.

Luigi Zamora tendit la main, paume ouverte pour sceller l'accord mais Arsène regardait ailleurs. Il savait que Pablito n'aurait pas supporté que son père toquât cette main dégueulasse qui avait sûrement et si durablement caressé le corps de Laetitia, sa peau, ses seins, fouillé son sexe... C'est ce moment-là que choisit Luigi Zamora pour justifier la hauteur de son prix :

— Il faut me comprendre, j'ai eu de grands frais avec elle. Son éducation artistique, ses fringues, son look, sa culture sexuelle, ses photos, tout ça coûte de l'argent... Sans compter le déchirement de la voir partir... C'est dur quand on aime comme je l'ai aimée...

— Tu peux encore changer d'avis, dit Arsène qui verrouillait la tractation.

— Non... Mais je veux du cash.

— Tu auras ça dans 48 heures.

— Alors il faudra attendre deux jours pour récupérer Laetitia.

— Tu n'es pas en situation de poser des conditions, Luigi. Tu ne peux qu'accepter, attendre et faire confiance...

Ashot Arakélian avait remis son costume de médiateur ottoman :

— Il a raison, mon petit Luigi. Moi je fais confiance à M. Lévi-Cortès. Pour aller plus vite, il va me faire un virement sur un compte en Suisse et moi je te verserai le liquide avec la recette de mes salles de jeux. Rassurez-vous, M. Arsène, je ne vais pas le régler avec les pièces des « Bandits Manchots », je possède également des tables de roulette et de baccara. On peut finaliser cette opération dans quelques heures, dès l'ouverture des banques.

Mma Angelica examinait Arakélian d'un œil nouveau. Cet Arménien bedonnant qu'elle regardait jusqu'alors comme un petit marlou à cheval entre machines à sous et strip-tease venait de prendre une dimension de condottiere. Elle se dit qu'elle avait eu tort de ne pas céder à la pression de ses propositions tarifées. Elle entendait sonner les cloches de la Madeleine, mariage en blanc et traîne de mousseline... Mais les orgues nuptiales furent de courte durée et la conclusion de l'arrangement réduite en une phrase de Mma Angelica revenue à son statut de femme d'affaires veloutée :

— Rendez-vous ici à midi !

— D'accord, dit Pablito... Si le « San Cristobal » arrive à l'heure.

L'énigme paraissant indéchiffrable, tout le monde acquiesça.

Arsène et Pablito quittèrent la « Pizzeria Bimbo's ».

⁂

Les rescapés du massacre se jetèrent sur ce qui restait du festin mitonné par Mma Angelica. On sabra le champagne. Tout rentrait dans l'ordre, on avait fait affaire. Chacun y trouvait son compte. Zamora était riche, Arakélian toucherait sa quote-part, au passage, Rolland Olivérès pourrait partir en bringue avec son copain proxo et Mma Angelica avait désormais un objectif en ligne de mire.

Restait plus qu'à acheter un perroquet.

⁂

Sept coups sonnèrent au clocher de la cathédrale Sainte-Clotilde lorsque le taxi qui emmenait Arsène et Pablito stoppa devant l'Hôtel de l'Aigle manchot. Ils n'eurent pas le temps de se diriger vers l'ascenseur que déjà le concierge les interpella avec une gourmandise édentée :

— La jeune dame est partie. *(Puis devant le regard effondré de l'enfant, le cerbère rajouta :)* Au fait... elle a laissé une lettre pour vous.

Pablito décacheta l'enveloppe et sortit une feuille de papier vierge. Blanche. Rien d'écrit. Arsène comprit le désarroi, questionna :

— Qu'est-ce qu'elle dit ?

— Rien. Il n'y a rien d'écrit.

Pablito tendit la feuille blanche à son père. Recto, verso, même désert, même désastre. Rien. Le concierge ne put s'empêcher de jouir :

— La jeune fille m'a chargé d'un message pour vous. Elle m'a demandé de vous dire : « Gustav arrangera tout ça. »

— C'est tout ?

— Oui.

Chapitre VI

Gustav arpentait le pont du « San Cristobal ». Moustache noire, drue, judiciairement ciselée, Gustav distribuait son sourire avec une équité minutieuse. Le maître d'hôtel ghanéen s'est approché de cet hidalgo dont les mocassins caressaient le pont, teck et chromes émerveillés.

— Votre whisky, monsieur Lopez de Vargas !

— Posez le plateau sur le guéridon de Mme Livingstone, en attendant son arrivée.

Gustav détourna la tête en direction de la coursive supérieure, Sarah Livingstone descendait les escaliers métalliques, longues jambes en liberté dans un pantalon de lin blanc, buste aux seins hiératiques enveloppé d'une étole de mousseline parme. Elle tenait dans ses bras l'un de ses sept caniches qui jamais ne la quittaient.

Le privilégié – Dali – plombait d'un œil narquois ses six petits frères réduits à trottiner, enchaînés par une laisse intelligente et souple. Dali se serrait contre la poitrine de sa maîtresse, tête enfouie dans ses seins.

Une brise longitudinale traversa le « San Cristobal ». Mme Livinsgtone avait déposé Dali à ses pieds pour mieux se consacrer à M. Lopez de Vargas qu'elle interpella d'une voix de contralto.

— Gustav!... dit-elle. Je vous ai cherché partout, hier soir.

— Chère amie, vous ne m'avez pas cherché dans le seul endroit où je pouvais me trouver, la salle de baccara.

— Tout le monde passe son temps à vous chercher, Gustav.

— Ah! On ne va pas reprendre cette antienne... Vous m'avez trouvé, c'est l'essentiel.

***

Sarah Livinsgtone a pris les deux mains de cet étrange Lopez de Vargas, puis fait un pas en arrière pour mieux l'examiner.

— Vous êtes beau! Si, si! J'insiste... Vous avez la beauté d'un dieu de l'Olympe bronzé au soleil de Maracaibo!

— Madame Livinsgtone, vous êtes une veuve exaltée. Venez. Allons jusqu'à l'extrémité de la proue, nous regarderons les côtes normandes approcher et nous pourrons deviser.

— J'ai besoin de vous parler, Gustav.

— Je sais. Nous savons tous cela.

Sarah enlaça le bras de cette allégorie vêtue de noir alpaga et ils marchèrent vers l'avant du bateau, suivis à respectueuse distance par le respectueux chambellan de Mme Livinsgtone. Guindé jusqu'à la caricature, James Clinton-Brown tenait en laisse six caniches au bout d'une longe aux sept rubans de cuir qui jamais ne s'emmêleront.

— Au fait, Gustav je ne vous ai pas présenté mes enfants.

— Ce ne sont pas vos enfants, madame, ce sont vos caniches... Vous n'avez pas d'enfant ?

Le visage de Sarah pâlit, mais déjà elle donnait le change :

— Ne bougez plus, James ! Regardez-les bien, Gustav : en panoramiquant de gauche à droite vous avez, Damoclès, Damien, Démétrios, Dale, Dodue et P'tit Derrière. Comme vous l'avez remarqué tous les prénoms commencent par un D. *(Puis soulevant le caniche préféré :)*... comme Dali.

Mme Livingstone fit un signe à James qui vint la débarrasser de Dali. Elle attendit que le chambellan accrochât le chiot au septième anneau de la laisse puis le regarda s'en aller, tenant son équipage tel Ben Hur sur la cendrée d'un mini-golf. Alors Sarah se retourna vers Gustav :

— A quelle heure le « San Cristobal » accostera-t-il au Havre ?

— A 10 h 30, madame Livingstone, comme prévu.

— Vous ne pensez pas que nous aurons du retard, les côtes me semblent bien loin.

— Ma chère Sarah, s'il y avait un risque de décalage dans l'heure d'arrivée, le capitaine m'aurait prévenu. C'est mon frère.

— Votre frère ?

— Oui.

— Je ne vous crois pas.

— Vous avez raison.

— Gustav, si je ne vous savais pas si intelligent, je vous trouverais risible par moments. Pourquoi tenez-vous toujours à vous singulariser par des dérapages, des formules sibyllines... On dirait que vous voulez donner de vous l'image d'un garnement. Vous avez l'air de tirer la langue à la moindre interrogation. La réalité vous choque-t-elle tellement ?

— Pas vous ?

— Pas au point de me déstabiliser, ni de me faire perdre ma frivolité.

— Vous aimez donc tant la vérité ?

— C'est tout ce qui me reste, Gustav.

La voix de Mme Livinsgtone avait chuté d'une octave. Deux larmes coulaient de ses yeux. Gustav réussit à dire :

— Je te retrouve enfin, Doris.

— Ne m'appelle plus jamais Doris ! Jamais !

La violence du ton venait de creuser la tombe de leur supercherie.

— Ecoutez-moi bien, Gustav. Doris est morte, un soir de novembre quand elle a vu les escadrons du général Juan Ibànez égorger son père au-dessus de l'évier de la cuisine, 126 Avenida Simon Bolivar à La Paz.

Ils maintenaient sa tête sur la cuvette qui crissait la souffrance, l'humiliation. Six mois plus tard j'épousai le bourreau yankee. A des milliers de kilomètres, présidant le conseil d'administration d'une multinationale, il armait le bras des sbires qui jamais ne le connaîtront. Moi je suis remontée jusqu'à la tête de « l'American Grap's Company » et j'ai séduit ce vieux poussah de Marcus Livingstone en quinze fellations et quelques hurlements d'orgasmes hystériques. J'ai trente-six ans, Gustav. J'en avais seize lorsque j'ai réussi à envoûter ce boucher. La destruction de centaines de milliers de péones asservis, avilis par l'argent, c'était lui parmi tant d'assassins aux mains blanches. L'argent, Gustav ! L'argent !... Aujourd'hui je suis riche et j'organise l'obscénité de ma fortune. Caniches, diamants, chinchillas et Rolls me sont aussi nécessaires que mes haines... Voulez-vous m'épouser ? Vous me ferez de beaux enfants. Peut-être serons-nous heureux ? Gustav, aimez-vous le bonheur ?

— Un jour peut-être ?... Quand cela m'arrivera, ayez pitié de moi.

— Vous ne croyez pas que c'est vous qui devriez avoir pitié de moi ? Vous savez ce que cela représente de séduire, envoûter, garder, garrotter un autocrate comme Marcus Livingstone ? Cette race d'hommes se méfie de tout. Ils prennent, ils donnent, ils renvoient ! Je lui ai fait un enfant, une fille. Il m'a épousée. Il n'y avait plus que moi. J'étais désormais une Livingstone. Lorsqu'il est mort, Marcus était devenu un être humain, il m'écœurait. Je l'ai quitté, pris l'enfant. Les avocats se sont emparés de ma fille et l'ont jetée à la mer. A mon avis, elle nage encore... Elle a dû arriver près des côtes bretonnes ou en Normandie. Elle s'appelait Laetitia... Elle doit avoir dix-neuf ans aujourd'hui... Quel âge avez-vous, Gustav ?

— J'ai l'âge des autres, vous le savez bien. En cet instant j'ai votre âge. Il le faut.

— Pourquoi allez-vous au Havre, Gustav ? Pour retrouver un neveu ? Vous n'allez pas essayer de me faire croire ça ?... Alors pourquoi ?

— Ah non ! Vous n'allez pas vous mettre à me poser des questions, vous aussi ? Si je vous réponds, il ne restera plus rien de moi.

— Peut-être avez-vous raison ? On peut très bien parler sans interroger.

— On peut également interroger sans parler.

— Vous recommencez avec vos axiomes torsadés ?... Vous êtes incorrigible. Voulez-vous le fond de ma pensée, Gustav ? Vous êtes un intellectuel !...

Une brise mentholée chatouilla l'étole de mousseline. Gustav aperçut les seins. Mme Livinsgtone frissonna :

— Le brouillard se dissipe, dit-elle. On entrevoit le port.

— Vous avez peur ?

— L'émotion... Vous ?

— J'ai l'émotion des autres.

Sarah Livingstone n'a pas insisté.

— Où logerez-vous ? dit-elle. Moi j'habiterai à Deauville, au « Normandy »... Toujours le luxe. Et puis... le jeu ! Vous ne l'ignorez pas, Gustav, nous avons cette passion en commun.

— Certes, madame Livingstone, mais pas pour les mêmes raisons.

— Au plan philosophique je vous suis très bien mais voyez-vous, Gustav, j'aurai une raison supplémentaire. J'espère trouver Marcus Livingstone autour d'une table de baccara. Et là, je l'assassinerai.

— ... Vous m'avez dit qu'il était mort.

— Je suppose que vous n'avez pas cru un mot de ce que je vous ai raconté ?

***

Devant eux, à une quinzaine de mètres, James Clinton-Brown tenait sa laisse au bout de laquelle manquait un caniche. Effarement passager, Mme Livingstone adressa un signe au chambellan. La maîtresse avait identifié l'absent :

— Démétrios n'est pas avec vous ?

— Il s'est échappé mais que Madame ne s'inquiète pas, j'ai réussi à le rattraper. Démétrios est au bar... en compagnie d'une princesse éthiopienne.

— J'espère qu'il ne s'est pas remis à boire ?

— Non, il est très sobre. Il se laisse caresser. Il s'est installé comme un nabab sur un tabouret et fume élégamment une de ses cigarettes égyptiennes.

— Quel âge, la princesse ?

— La soixantaine... Elle m'a demandé si elle pouvait... avec Démétrios ?...

— Conseillez-lui de choisir un pékinois, ils sont plus habiles.

— Bien Madame.

— Oh et puis non, James, faites comme vous l'entendrez, l'important est que Démétrios soit heureux.

Le chambellan s'éloigna, messager voluptueux.

Alors Sarah interrogea Gustav :

— Au fait, monsieur Lopez de Vargas, vous aussi vous allez au Havre pour assassiner quelqu'un ?

— Oui.

Chapitre VII

Le Havre 9 heures.

Arsène et Pablito en étaient à leur cinquième commissariat de police. En dépit de leurs informations, nul ne leur avait donné le moindre espoir de retrouver Laetitia. Aussi lorsqu'ils entrèrent dans le commissariat central de la rue Saint-Guénégaud, s'attendaient-ils aux sempiternelles doléances évasives qu'ils auraient à entendre. Pourtant... Devant le greffe, un minuscule flic, un nain – oui il en existe dans la police – s'approcha de Pablito, levant les yeux vers lui :

— Laetitia ? Vous parlez bien de Laetitia Marlowe ?

— Oui.

— Je crois savoir où vous pouvez la trouver.

Tout à la fois ému et consterné par ce policier si menu, Pablito fut pris d'une pulsion irrésistible et voulut l'embrasser, le serrer dans ses bras, mais au moment de se pencher vers lui, le nain l'arrêta d'un geste brusque :

— Non, mon petit bonhomme ! Pas de laisser-aller de mauvais goût ! Je suis ici en service. Venez dans mon bureau, j'ai besoin de précisions complémentaires.

Aussitôt assis sur une chaise haute, le flic nain se présenta comme il est d'usage désormais :

— Je m'appelle Julien de Ponssu dit-il. Avant de vous poser les inévitables questions administratives, je veux évacuer votre étonnement. Oui ! depuis quelque temps, « les gens de petite taille » ne souffrent plus d'ostracisme dans le recrutement des officiers de police. C'est ainsi et c'est mieux. Il en est de même pour ce qui concerne les pompiers, le basket-ball et le saut à la perche. Chacun choisit.

Arsène et Pablito étaient d'accord sur tout, débordant de compréhension, ils avaient trouvé une piste qui les mènerait vers Laetitia. Le brigadier Ponssu établit très vite un échange de questions-réponses :

— Nom, prénom, adresse, date de naissance, profession...

Les formalités expédiées, l'avis de recherche précisé, Julien de Ponssu changea brusquement de registre, s'humanisant, presque fraternel :

— Mes amis, avez-vous entendu parler d'une association qui s'appelle le « Nid » ? Je vois à votre visage que vous ignorez son existence. Sachez qu'il existe en France, au Havre donc, plusieurs « Nid » qui sont des foyers d'accueil destinés à soutenir d'anciennes prostituées désemparées ou des jeunes putes qui désirent échapper à leur condition et à leurs proxénètes. Le « Nid » du Havre se trouve au 31 rue Godot de Mauroy, un ancien bordel réhabilité. Ma sœur en est la directrice. Elle s'appelle Charlotte et mesure, elle aussi, 1 m 32, la limite du nanisme. Elle est adorable mais il ne faut pas lui casser les couilles. Je vous souhaite bonne route, ne manquez pas de me tenir au courant.

***

A peine entrés dans le hall de l'hôtel particulier, Arsène et Pablito furent accueillis par une nuée de naines en cornette. Le « Nid », comme chacun sait, est noyauté par l'Eglise catholique apostolique et romaine.

— Stop ! cria la naine la plus grasse. Un peu de décence ! Nos visiteurs n'ont que faire de votre caquetage aussi convivial soit-il. Ils sont ici dans une démarche douloureuse et je compte sur vous pour ménager leur désarroi. *(Puis s'approchant d'Arsène :)* Je me présente : Charlotte née de Ponssu. Mon frère m'a téléphoné pour me prévenir de votre arrivée.

— Merci ma sœur, dit Pablito.

— Je ne suis pas votre sœur ! ! J'aurais plutôt l'âge d'être votre mère. Et si vous me voyez habillée en religieuse cela ne signifie pas que j'ai prononcé mes vœux. C'est simplement pour ne pas déparer parmi le personnel ecclésiastique. De plus, le « Nid » est également un asile psychiatrique dont M. Marat est le directeur. C'est un homme avare. Rien de ce que vous consommerez ici ne sera gratuit. Tout vous sera compté, même le verre d'eau du robinet. Je hais cet homme mais j'admire le personnage. Il n'empêche, entre lui et moi ce sera au finish, on verra bien qui crèvera l'autre. On m'accuse de vouloir l'assassiner, de le poursuivre jusque dans sa salle de bains, au point qu'on m'a vilainement surnommée Charlotte Corday. M. Marat a tellement peur de mourir dans son bain qu'il ne prend plus que des douches. Mais je m'égare... Suivez-moi dans mon bureau, je vais vous ménager une entrevue avec Laetitia Marlowe... Oui !... Elle est ici au premier étage dans une chambre aux murs capitonnés pour éviter tout risque de mutilation. Elle est actuellement dans un état de prostration déplorable. Il faudra la ménager si vous voulez la ramener à une normalité acceptable. M. Marat s'est vu contraint de lui faire l'amour sept fois dans la soirée et de la fouetter, au sang. Sur la demande de l'intéressée, bien sûr. Rien ne venait à bout de son hystérie, ni douche froide, ni morphine, il fallut bien en passer par là. Quand je l'ai quittée, il y a à peine une demi-heure, elle semblait apaisée, mais je crains qu'elle ne se soit attachée à M. Marat par un phénomène de dépendance sexuelle. Rassurez-vous, ce genre de sujétion ne dure pas... Et M. Marat est si laid!...

Charlotte frappa dans ses mains pour faire disparaître toutes ces naines espiègles qui s'enfuirent en tous sens, volière volubile au pépiement désemparé.

***

Arsène et Pablito ont gravi les escaliers qui mènent au premier étage, ils croisent M. Marat sortant de la chambre n° 17.

— C'est là! cria Pablito. Je suis sûr qu'elle est là!

— Bonjour monsieur Marat, dit Arsène, plein d'une considération appuyée.

Le directeur semblait informé de tout, il les gratifia de quelques banalités engageantes.

— Si vous cherchez Miss Marlowe, entrez, vous ne serez pas déçus. *(Puis il lâcha une apostrophe comme on lâche un pet :)* Pauvres gens !

L'homme qui ne prenait que des douches descendit les escaliers, sûr que la journée lui apporterait son lot de vivacités. Il se retourna pour en cueillir la première : Arsène et Pablito entraient dans la chambre n° 17. La pièce était vide... Le lit, un vrai champ de bataille... Laetitia avait dû se débattre toute la nuit, résister à ces viols thérapeutiques... A voir l'état des draps froissés, traînassant du lit au sol, la nuit avait été très agitée.

— Comme elle a dû souffrir ! soupira Pablito, naïve compassion.

Arsène Lévi-Cortès sculpteur de la délivrance ne voulut pas laisser son fils s'enliser dans l'ignorance, il corrigea :

— A moins qu'ils ne se soient envoyés en l'air comme des malades !

Pablito regarda son père comme s'il découvrait un monstre.

— Pablito, je ne veux pas que tu deviennes, plus tard, une proie offerte à toutes les tortures. Laetitia a peut-être été violentée mais tu dois envisager d'autres éventualités.

La porte de la salle de bains s'ouvrit, faible espoir.

Ahurissement, un Léonberg monumental sortit nonchalant et se planta face à Pablito.

— Bonjour ! dit-il. Comment es-tu, Pablito ?

Ce qui anéantissait père et fils ce n'était pas que Laetitia ait disparu mais qu'un molosse gigantesque rencontré au premier étage d'un bordel réhabilité par une escouade de naines incertaines parlât français.

Arsène s'adressa très naturellement à son fils :

— Tu le connais ?... Il t'a tutoyé.

— Je l'ai croisé un soir sur la route en rentrant d'Etretat, je ne l'ai plus revu.

Pablito s'approcha du Léonberg :

— Comment as-tu fait pour la retrouver ?

— Je l'ai suivie jusqu'à une station-service et j'ai relevé le numéro d'immatriculation de la plaque minéralogique. Avec ça, il m'a suffi de chercher. J'ai trouvé assez facilement la Bentley dans une rue du Havre, devant l'Hôtel de l'Aigle manchot... Lorsque Laetitia m'a aperçu, la guettant à la sortie, j'ai cru qu'elle allait défaillir. On ne s'est plus quittés jusqu'à ce matin où elle a déserté le « Nid » vers 8 heures.

Pablito s'agenouilla près de ce compagnon que Dieu lui envoyait. Il approcha de son oreille, il semblait le supplier :

— Léon... mon petit Léon, dis-moi où elle est ?

— Elle est allée au Havre attendre l'arrivée du « San Cristobal ». « Je veux voir Gustav, m'a-t-elle dit. Je veux voir à quoi il ressemble. »

Arsène et Pablito n'eurent pas le temps de s'interroger sur la conduite à suivre, Léon venait de quitter la pièce :

— Suivez-moi ! dit-il. Allons au port, c'est là que tout se réglera... Et ne me posez pas de questions devant les locataires du « Nid » ils me prendraient pour un malade et ils seraient capables de me faire interner.

⁂

Lorsqu'ils arrivèrent sur le quai B2 réservé aux grands paquebots, le « San Cristobal » était en train d'accoster. La liesse habituelle des arrivées sud-américaines contrastait avec le visage de Pablito. La trahison, l'incertitude, l'espérance se disputaient le peu de passion qui était en train de virer au surgelé. A une vingtaine de mètres sur sa gauche, Léon aperçut un trio qui lui glaça le sang. Luigi Zamora tenait Laetitia enlacée sous le regard de Rolland Olivérès shooté au crack. Ils étaient tous les trois sur une planète bleue... Léon aboya et Pablito aperçut le tableau. C'est alors qu'interpellant Arsène, Luigi Zamora lui lança à la cantonade :

— On ne vend plus ! *(Puis s'adressant à son tapin :)* Aboie !... pour les faire chier !

Laetitia fixait Pablito anéanti et aboya en direction du Léonberg.

— Encore ! dit Zamora. *(Laetitia obéit)* Encore ! *(Et Laetitia aboya de nouveau soumise, heureuse, à l'ouest.)*

Arsène avait compris le malheur. Pablito faisait l'apprentissage de la dépendance. Brusquement l'enfant se mit à pleurer, s'effondrant en sanglots, dans les bras de son père. Alors Léon fendit la foule et se rua sur Luigi Zamora. Il était en transes, en train de le dépecer, le déchiqueter, rien ne pouvait l'arrêter. Il fallut l'arrivée de la gendarmerie et l'intervention du capitaine Pailleron pour sauver ce qui restait du proxo calabrais. Rolland Olivérès assistait, médusé, à ce carnage méticuleux, bientôt noyé par les trombes d'eau des lances de pompiers appelés en renfort. Laetitia s'était enfuie et slalomait sur les docks entre les fûts d'huile d'arachide en provenance du Bénin et les caisses de dattes d'Ouarzazate. Elle finit sa course derrière la cage d'un toucan énorme qui sifflotait le « Chant des Partisans ».

Sur le bastingage du « San Cristobal », Gustav et Mme Livingstone tentaient de trouver une explication à cette échauffourée mais à cette distance, ils étaient trop loin pour discerner la nature de cette agitation. Luigi Zamora fut embarqué « manu militari » tandis que Rolland Olivérès grappillait, sournoisement, quelques dattes marocaines. Il était ailleurs, planant sur quelque astéroïde non identifié.

Arsène connut ses responsabilités. Il se dirigea vers les docks où il trouva Laetitia blottie, recroquevillée au pied d'un tonneau d'huile d'arachide. Elle leva la tête vers ce justicier dont elle craignait le pire mais contre toute attente, Arsène s'agenouilla près d'elle :

— N'aie pas peur, Laetitia. La peur enlaidit. Ta beauté est un don qui nous appartient. *(Il lui caressa la joue.)* Je ne veux pas que Pablito soit malheureux.

— Il ne le sera pas.

Arsène avait compris mais il sentit qu'il devait approfondir, s'il voulait une paix durable :

— Pourquoi es-tu revenue vers Zamora ? Il te tient ? Sexe ?... Drogue ?... Les deux ?

— Rien. Je l'ai trompé mille fois.

— Alors pourquoi ? L'ennui ? La peur de l'ennui ? Panique de la monotonie ? L'angoisse du... encore demain et toujours ?

— Si tu veux, Arsène. *(Elle le regardait, frissonna.)* Je peux te tutoyer ?

— Oui. Viens avec moi. *(Il essaya de la soulever.)* Ne crains rien... Si tu aimes Pablito...

— Je l'aime !

— Je sais.

Elle était debout, plaquée contre lui. Arsène n'a pas aimé leur trouble. Elle comprit, déjoua :

— Je suis sûre que Gustav va tout mettre en ordre.

Elle venait de vérifier confusément un vieux réflexe de courtisane pour qui séduction et sensualité sont les meilleurs sésames.

***

Pablito avait assisté à cette scène de récupération. Il s'était senti exclu et réalisait son isolement : il avait douze ans et demi, « bientôt treize » comme dirait le père. Ainsi donc rien ne changeait, les grandes personnes se chargeaient de tout, elles font la cuisine, les enfants n'ont plus qu'à la manger.

Arsène venait de reconstituer le trio, il rapprocha délicatement les amoureux.

— Bonjour... Paul, dit Laetitia.

— Bonjour...

La sirène du « San Cristobal » traversa la foule, mélodie.

⁂

Pablito et Laetitia regardaient les passagers descendre de la passerelle centrale, les yeux écarquillés par l'espérance d'entrevoir ce Gustav mythique. Arsène était près d'eux et, comme eux, il se disait que s'ils ne le reconnaissaient pas, lui les reconnaîtrait. Levant la tête vers le ciel, Léon aboya. Il venait d'apercevoir une girafe emmaillotée dans un filet qui ballottait dans les airs, tenu par un énorme filin d'acier relié à une grue de couleur jaune.

— C'est peut-être lui ? dit Laetitia en souriant.

Pablito n'a pas souri.

— Si c'était lui, il serait à cheval sur la girafe.

Ils en étaient là, figés dans leurs inepties lorsqu'une main s'abattit sur l'épaule d'Arsène :

— Bonjour ! Je suis Gustav.

Stupeur. Arsène, Pablito et Laetitia étaient paralysés, trio d'agnostiques tétanisés devant Jésus-Christ ressuscité, venu les saluer en convenance légère. C'est Laetitia qui osa :

— Bonjour monsieur.

— Bonjour Laetitia.

Nullement étonnée qu'il l'appelât par son prénom, la strip-teaseuse périgourdine voulut étirer la simplicité du contact :

— Avez-vous fait un bon voyage ?

— J'ai fait un beau voyage.

Pablito s'enhardit puisque le quai ne se fendait pas sous ses pieds :

— Je suis le fils...

— Le fils d'Arsène ? Oui je sais.

La voix de Gustav apaisa leurs cœurs affolés.

***

La sirène du « San Cristobal » s'était mise à siffler en rafales, couvrant quelques bribes de la conversation qui dépérissait par saccades. Heureusement, l'arrivée de Mme Livingstone installa un cours normal à ces échanges en train de tarir, poussifs. Gustav se précipita sur l'aubaine d'une telle arrivée :

— Permettez-moi de vous présenter Madame Sarah Livingstone... Monsieur Arsène Lévi-Cortès...

— Le sculpteur ?

— Lui-même... A ses côtés, son fils Paul et sa future épouse Laetitia Marlowe.

Pablito était sûr désormais que la prédiction s'accomplirait.

— Merci, dit-il sans se rendre compte de l'incongruité du propos.

Gustav sourit. Il avait compris. Mais avant même qu'Arsène ne pût intervenir, une symphonie de jappements et aboiements recouvrit le bruit des sirènes qui continuaient leur mélopée. Les sept caniches de Mme Livingstone entraînaient James Clinton-Brown vers Léon qui roucoulait, pacha en son harem :

— Du calme ! du calme, les petits ! sermonna le mentor à longs poils. *(Puis il ajouta, Dieu sait pourquoi ?)* Gustav va tout mettre en ordre et nous prendrons notre goûter ensemble. Alors, on cesse de tirer sur la laisse de M. James et on assoit posément son petit derrière.

Le chambellan hésitait entre étonnement et fatuité :

— Vous me connaissez ?... Vous avez entendu parler de moi ?... Comment est-ce possible ?

— Je lis beaucoup, dit Léon.

La réponse parut suffisante pour autoriser une avancée de Gustav :

— Je vais vous proposer une perspective qui devrait vous contenter.

Arsène, Pablito, Laetitia, Léon, Sarah, James et les sept caniches attendaient l'annonce.

— Voilà ! dit Gustav. A l'exception d'Arsène, Mme Livingstone va tous vous emmener à

Deauville où elle vous installera au « Normandy » dans de somptueux appartements. Vous y passerez quelques nuits à vous découvrir et – j'espère – vous aimer. Mme Livingstone s'occupera de tout financièrement, elle adore ça. Puis, demain matin, Arsène et moi, nous vous rejoindrons sur la terrasse de la plage pour un petit déjeuner. Allez, Sarah, je suis sûr que vous apprécierez leur compagnie.

James Clinton-Brown partit le premier, entraînant à sa suite sept caniches et un Léonberg. Tout le monde avait assimilé la rencontre mythique, la présence de personnages nouveaux et un programme de vacances qui imposait sa déconcertante fatalité.

Arsène et Gustav montèrent dans la Bentley qui se dirigea spontanément vers le môle.

En cinq minutes, il faisait nuit noire.

— La journée a été courte, dit Arsène.

Chapitre VIII

Le hall du « Normandy » semblait s'être préparé pour accueillir l'arrivée de Mme Livingstone qui fit une entrée à la mesure de cette journée bruissante d'interrogations. James Clinton-Brown s'était précipité à la réception, il entamait les préparatifs pour la répartition des suites et chambres.

Sarah, berçant Dali, se dirigea vers le Bar Irlandais. Elle avait pris Laetitia par le bras et jeté un regard en arrière pour s'assurer que ses enfants supportaient la séparation. Elle apprécia qu'au pied du comptoir de la réception, James ait accroché la laisse des six caniches au cou de Léon qui, d'un regard, venait de calmer les minauderies des orphelins. Ils pleurnichaient maman mais leur numéro déchirant fut vite absorbé par le grondement terrible de

Léon qui imposait son personnage de parangon de dignité.

***

Le Bar Irlandais rutilait classique d'acajou et de cuivre doré. Un opus de folk song chanté par Glynis Jones fédérait quelques alcoolos qui attendaient qu'une minute pousse l'autre et surviendrait la nuit. A peine assise, Mme Livingstone vit s'avancer vers elle un maître d'hôtel africain. D'origine camerounaise, il venait d'être fraîchement naturalisé irlandais et militait avec violence dans des combats d'arrière-garde pour éviter à l'Irlande toute contamination british.

— Bonjour Mamadou, murmura tendre, Mme Livingstone.

— Hello Sarah, répondit Hadj Diouf qui depuis son dernier séjour à La Mecque avait abjuré le rite mahométan pour s'enliser dans la religion catholique apostolique et romaine.

Laetitia assistait à ces échanges affectueux, surprise mais bonheur assouvi. Décidément cette Mme Livingstone allait lui plaire.

— Un whisky Carte Noire, Mamadou ! Et vous, chère enfant ?

Sarah avait mis tant de suavité dans ce « chère enfant » que Laetitia en fut déstabilisée.

— Comme vous, madame.

— Oh ! ne m'appelez pas madame, j'ai l'impression que vous me parquez telle une Indienne en sa réserve.

— Comment voulez-vous que je vous appelle ?

— Appelez-moi... *(elle hésita étrangement... avant de ponctuer :)* Sarah.

Puis, Mme Livingstone s'est mise à tutoyer Laetitia :

— Appelle-moi Sarah.

Mamadou venait de déposer deux scotchs devant ces dames. Il était irradié.

— Merci Mamadou ! dit sèchement Mme Livingstone qui voulait briser l'envoûtement. Merci Mamadou Diouf !

— Sarah, je voudrais que tu le saches : mon nom n'est plus Mamadou Diouf, je m'appelle Mamadou O'Fitzgerald.

— J'en tiendrai compte.

Mamadou, que tout le monde prénommait familièrement Kevin, éprouva le besoin de relancer la conversation dans un climat de familiarité africaine :

— Quelle est cette belle jeune fille à tes côtés, Sarah ?

— Ma fille.

Laetitia avait en face d'elle un Kevin O'Fitzgerald dont le visage noir ébène était en train de virer au marron. Elle était partagée entre fou rire et émotion.

— Quelques glaçons, mademoiselle Livingstone ? proposa Kevin qui s'essayait à la désinvolture.

Encore un peu, il se serait mis à la tutoyer. Sarah n'appréciait pas ce nouveau type de relation, elle brisa net, avec une vulgarité de parvenue :

— Ça suffit ! Laissez-nous, Kevin...

Un billet de 100 dollars atterrit sur le plateau d'O'Fitzgerald qui venait d'être réexpédié au Cameroun.

***

– Maman, dit Laetitia, je ne retournerai jamais à Boston !...

— Qui te parle de Boston ? L'Amérique est grande et les universités prestigieuses ne manquent pas. Je pense à Yale, Harvard, Berkeley... Pourquoi me parles-tu de Boston ? Tu me caches quelque chose ?

— Je ne veux plus épouser Chuck O'Leary.

— Il n'habite plus Boston.

— Depuis quand ?

— La semaine dernière. J'ai reçu un télégramme de lui sur le « San Cristobal ».

— Ah bon ? Vous êtes restés en relations ?

— Fatalement, c'est mon agent de change.

Laetitia soupira, en soumission :

— Dans ce cas, bien sûr...

— D'ailleurs, tu n'as plus aucune crainte à avoir, il a épousé une princesse iranienne riche comme Crésus. Il a deux petites filles adorables : Aïcha et Zoubida. Sa femme Leïla a énormément grossi. Un éléphant. Elle fait faire ses petites culottes sur mesure, à Denver Colorado chez « Springwood et Colette de Paris ». Chuck ne la sort quasiment plus, tellement il est gêné par sa compagnie. C'est une des raisons pour lesquelles il a quitté Boston. Comme tu vois, tu n'as rien à redouter et tu peux revenir à Boston, quand tu le désireras.

Laetitia réfléchit un long temps comme si elle mettait en ordre ces informations réconfortantes. Mais la conversation l'intéressait trop pour y mettre un terme. Et puis... cette histoire entre Chuck et Leïla la passionnait.

— Ils habitent où maintenant ?

— Qui ?

— Chuck O'Leary et son épouse.

— New York j'imagine, puisque le télégramme a été expédié d'un bureau de poste de Manhattan.

— Le quartier des affaires...

— Normal pour un agent de change.

— Et ce Chuck O'Leary t'a fait gagner beaucoup d'argent ?

— Comme tu vois, je ne suis pas à plaindre. *(Sarah sourit malicieusement :)* Toi non plus tu n'auras pas à t'en plaindre.

A considérer Mme Livingstone, Laetitia s'enfonçait dans une certitude : cette femme était folle. La moindre proposition devenait chez elle une perspective. Elle l'avait désignée comme sa fille, on pouvait bâtir une odyssée. Laetitia adorait ce genre de construction romanesque.

— Pourrais-je savoir qui est mon père ?

— Tu l'apprendras bien assez tôt, malheureusement.

Ce « malheureusement » ouvrait un boulevard, Laetitia décida d'y musarder :

— Cet homme est si monstrueux ?

— Je souhaite que nous fassions une pause dans cette conversation, si tu veux bien ? J'aimerais que nous soyons tout au bonheur de nos merveilleuses retrouvailles... Mais je te promets aussi que rien ne sera laissé dans l'ombre.

Laetitia décida de faire un trou dans la coque :

— Quel est le nom de ton psychiatre, maman ?

— Le Professeur Jérôme Beckstein. Il est très jeune. Et si tu veux tout savoir, il ne me quitte jamais, il était avec moi sur le « San Cristobal » mais il a fait un crochet par Cherbourg où sa tante tient un salon de « fitness », avant de me rejoindre à Deauville. *(Puis Sarah ironisa, tendrement :)* Mademoiselle ma fille a toutes les informations qu'elle souhaite ?

Pour toute réponse Laetitia leva son verre :

— Tchin-tchin !

Elle se dressa, prit sa mère par la taille et elles quittèrent le bar, bras dessus bras dessous.

Kevin les regardait étrangement, il avait l'air de leur donner rendez-vous.

Sarah Livingstone traversa le hall, reçut sa clef des mains du concierge puis, entraînant Laetitia, elle se dirigea vers le grand ascenseur central en commençant ses recommandations pour la soirée : « Je veux que tu sois la plus belle, tu choisiras une de mes robes du soir, nous avons la même taille, je veux que notre entrée au casino soit un souvenir pour les flambeurs les plus distraits... »

Le reste de leurs espérances se perdit dans l'« élevator » qui s'envolait vers le ciel. Musique.

Chapitre IX

A l'intérieur de sa suite « Michel-Ange », Paul, allongé sur une bergère Louis XIII, regardait la mer. Quelques voiliers de plaisance semblaient lui dire que la vie pouvait être légère. Il songea à Laetitia si près, si loin. Il sut qu'il devait parler, expliquer. Depuis que Sarah Livingstone s'était emparée de l'infidèle, il était désemparé. Le peu d'orgueil blessé qui lui verrouillait le cœur lui interdisait de solliciter une explication. Mais la douceur du temps l'incitait à plus d'intelligence. Il s'était levé et marchait vers le téléphone pour demander la chambre de Miss Marlowe lorsque l'appareil se mit à vibrer :

— Bonjour, c'est moi... C'est Laetitia. Je peux venir te voir ?

— Monte. Je t'attends.

La voix de Pablito s'était faite douce comme si elle craignait d'être un frein à ce signal de tendresse qui faisait le premier pas. Pablito envisagea de se déshabiller en un éclair pour la recevoir nu dans un peignoir de bain mais il repoussa cette mise en scène tant il redoutait que Laetitia prît cette posture pour le signe de son irrésistible attirance physique. Il en était là de ses interrogations lorsqu'on sonna à la porte. Paul ouvrit. Laetitia entra, elle était nue dans une sortie de bain blanche. Sa blondeur, ses yeux lavande faillirent le faire chavirer, il tituba.

C'est elle qui, le prenant sous les bras, le conduisit vers le lit à baldaquin.

Ils firent l'amour comme deux chiots dans la neige.

Pablito sut qu'il la voudrait, toute sa vie, partout, sur la terre, au paradis et en enfer.

— Je te pardonne, Laetitia, nous ne nous quitterons plus !

— Plus jamais. Je te dirai tout. Tu sauras tout.

Puis elle se leva brusquement et se précipita vers la porte. Au moment de sortir, elle eut le temps de lancer :

— Je suis obligée de m'en aller mais ne dors pas, attends-moi ! Je serai ici vers deux heures du matin... Pas plus tard... Attends-moi !

— Je ne peux pas venir avec toi ?

— Non, j'accompagne Mme Livingstone au casino, tu n'as pas l'âge. Il faut être majeur pour être autorisé. Tu verras, tu seras heureux quand je reviendrai : je serai en robe du soir. *(Elle claqua la porte, la rouvrit :)* Ne t'endors pas !

Laetitia courait dans les couloirs pour rejoindre sa suite « Da Vinci ». Elle rayonnait. L'imprévu était de retour, elle vivait.

Paul n'était plus menacé.

***

On frappa de nouveau, à la porte mais non... il s'agissait simplement d'un garçon d'étage qui glissait les journaux du soir. Pablito les déposa sur le guéridon près de la bergère Louis XIII. Il n'avait pas l'intention de les lire. Pourtant un bandeau attira son attention : « Nouveau mur de la honte » avec en sous-titre : « Une centaine de Mexicains meurent chaque jour d'insolation et de déshydratation à la frontière sud des Etats-Unis ». Pablito se laissa aller à prendre connaissance de cet article qui détaillait la tragédie de ces malheureux, innocents, déchus, rejetés par l'égoïsme et l'ignorance. Plus il avançait dans la description de la misère, la folie et l'inconsistance du cœur humain, plus il se demandait ce qu'il faisait allongé sur un canapé vert amande face à une mer si bleue roucoulant sous un soleil... si doux. Les baigneurs, se disait-il, ne risquent pas de mourir de déshydratation sous un soleil si charmant. Et pourtant... il réalisait que sa honte et le mépris naissant ne dégradaient pas l'attente passionnée qui l'asservissait. A douze ans et demi, « presque treize », il est rare que l'on se sente lié à la responsabilité collective. Néanmoins il songea qu'en se grandissant, il ennoblirait Laetitia. « Je lui parlerai du monde, de la planète, je lui ferai connaître que l'univers ne se limite pas au strip-tease, la " Boule Noire ", l'Impasse Sadi Carnot, Le Havre et la Normandie... Tous les humains ne mangent pas à la " Pizzeria Bimbo's ". Les Mexicains qui meurent d'insolation et de déshydratation ne joueront jamais au casino de Deauville... »

***

Pablito entendit une voix lui murmurer affectueusement : « Tu diras tout cela à Laetitia... après l'amour, bien sûr ? » Pablito crut reconnaître la voix :

— C'est toi, Gustav ?

Pablito se retourna, la suite « Michel-Ange » était vide.

Il eut brutalement envie de voir Gustav, lui parler de tout, en vrac, en avalanche. A quoi ça sert un Gustav, s'il n'est pas là quand il faut ? Comme chez tous les enfants, le besoin devient vite indignation.

***

Attendre le retour de Laetitia lui parut un comportement de soumission infantile. Rejoindre Gustav ?... Où ? Et comment ?... En ce moment Gustav était sûrement en compagnie d'Arsène en train de refaire le monde. Il n'y avait pas de place pour lui. Pablito respectait les deux personnages. Il eut envie de louer un taxi pour retourner au Havre. Il saurait les retrouver mais il faudrait expliquer sa présence, s'insinuer dans un duo philosophique, affectif, devenu, à coup sûr, pérégrination ésotérique. Il entendait déjà Gustav lui dire : « Mais qu'est-ce que vous faites ici, jeune homme ? Vous devriez être dans votre suite de l'Hôtel « Normandy » à attendre le désir ! Quand on a la chance de guetter le retour d'une passion, l'impatience devient oratorio, Mahler au pupitre, Dieu, faites que ce temps béni soit éternel, rendez-moi l'innocence, la sauvagerie du cri, l'enthousiasme du désir, rapsodie de soupirs éventrés »...

Décidément, se prit à penser Pablito, dès que l'on aborde le chapitre de la passion, même les grands esprits dérapent dans la grandiloquence. Pablito se reprit, violemment : « Et puis qu'est-ce qu'ils ont à nous faire chier avec la grandiloquence ? Qu'est-ce qu'il y a de grotesque et de répréhensible dans ce traitement des mouvements du cœur ? Dorénavant, chaque fois que je verserai dans la grandiloquence je l'assumerai sur tous les tons et si quelqu'un a le moindre regard condescendant, je lui planterai une fourchette à escargot dans l'œil. Dès que cette pratique sera connue, les connards reliront la " Carte du Tendre " avec la considération qu'elle mérite. Madame de La Fayette, Choderlos de Laclos et Racine me soutiendront là où ils sont dans le ciel. Enfin, quel siècle vivons-nous !... Quand on parle du désir et de la passion on ne va pas s'exprimer par des attendus d'huissier en se conformant à une sécheresse sémantique inattaquable !... La gloire de la sécurité... Pas de risque... Des petits mots justes qui disent, et rien d'autre. La précision, sécheresse, peur de tout, la justesse du terme et l'asepsie, on est irréprochables, pauvres culs syntaxiques aux étrons inodores, on chie, on ne pète pas. Allez, j'arrête, vous pourriez croire que je porte un jugement sur la pauvreté consolidée, vous les toucherez vos allocs, pas la peine de défiler et gaffe aux fautes d'orthographe sur les calicots... »

***

Laetitia, nue face à la psyché de son boudoir, commençait à enfiler un fourreau de lamé argent. Elle était loin de la rébellion terminologique et grammaticale de Pablito. A se voir ainsi, de face, de dos, en décolleté érotico-porno, vénus inatteignable, coiffée diadème, elle était sûre qu'une vie nouvelle était en train de naître. Elle eut un sourire, rictus tragique dédié à Zamora, pauvre pelure qui roulerait encore longtemps en costume à rayures et « col George Raft » quand elle serait du monde, respectée, adulée, richissime, en voyages pendulaires d'un continent l'autre.

Laetitia se regardait dans le miroir et telle une diseuse de bonne aventure elle interrogeait son reflet : « Alors ? Qu'est-ce que tu vas en faire de ce pauvre petit Pablito ? Tu vas le laisser longtemps rêver d'une vie à deux, couple désassorti mais solidité garantie, appelant l'admiration et l'envie ? Les sarcasmes et les sourires apitoyés, tu t'en fous ? Oui, oui, d'accord mais qu'est-ce que tu vas gagner dans cette soupe ? Tu ne crois pas plutôt que c'est dans le maelström de cette dingue de Mme Livingstone qu'il vaudrait mieux lancer le filet ? »

Laetitia se rapprocha de son image dans le miroir :

— Alors, mademoiselle ?... On le tente ce plongeon dans la schizophrénie et l'arnaque ?

Elle embrassa sa bouche avec une sensualité de vipère affamée puis elle fit vibrionner sa langue comme si elle s'apprêtait à lancer un jet de venin :

— Oui ma jolie !... Tu es belle et tu vas te venger jusqu'à en roter, de tous ces mâles qui t'ont achetée, louée, vendue, frappée, baisée, sodomisée, volée, fouettée, soûlée, avortée... Entre seize ans et dix-neuf ans, tu as tout vu, tout senti, tout enduré. On ne peut plus rien t'apprendre sur le sexe, terreurs et maléfices.

Laetitia avait conscience d'avoir fait un premier point à propos de la décision finale qu'elle tenait pour définitive. Mais avant de descendre rejoindre Mme Livingstone, elle voulut se raidir dans sa détermination. Elle savait qu'elle n'avait qu'une dépendance : la peur. Non pas la peur des coups, de la misère, de la souffrance, au contraire.

Laetitia aimait la peur. Elle ne pouvait faire l'amour que sous l'emprise de la peur, peur d'un regard, d'un rasoir, peur d'une balafre, d'une batte de base-ball, d'un fouet aux fils d'acier, d'un étranglement. Alors, son corps vivait, son sang se mettait à battre, son cœur hurlait puis venaient l'étourdissement fou et l'orgasme épouvante qui la décompressait, délicieuse, apaisée, traits détendus, visage enfantin, sourire diaphane, nymphe d'un Fra Angelico. Allez lutter contre ça... Elle sut qu'elle n'inspirerait plus désormais à personne ces pulsions de torture, de sadisme.

Qui oserait encore frapper, mutiler un si joli visage, un corps si gracile, si tendre ? On ne songerait qu'à l'aimer !... Alors que faire ? Il ne resterait plus qu'à aller chercher, supplier Luigi Zamora qui reprendrait ces persécutions implorées, à genoux.

— Mais bon !... dit-elle, on n'en est pas là... Et puis, je pourrais peut-être éduquer Pablito. On apprend vite à cet âge-là...

Chapitre X

Arsène et Gustav avaient arrêté la Bentley devant la « Pizzeria Bimbo's ». A cette heure-là ils étaient sûrs qu'ils pourraient y retrouver Mma Angelica, Ashot Arakélian, Gina, le docteur Olivérès... Luigi Zamora, était peut-être rétabli, qui sait ?...

— Ça ne te tente pas d'entrer, Gustav ?

— Qu'est-ce que tu veux que je foute là-dedans ?

— Ça ne t'intéresse pas de voir la tronche du mac de Laetitia ?

— Je l'ai déjà vu.

— Et le patron de la « Boule Noire » ? Tu n'as pas envie de savoir à quoi ressemble l'ancien taulier de Miss Marlowe ?

— Je veux bien entrer, Arsène, mais je ne vois pas ce qu'on pourra tirer de ces débris ?

— On pourra déjà leur imposer le statu quo vis-à-vis de Laetitia. Ils ne bougent pas et on ne leur balance pas la police.

— Ce ne sera pas difficile, ils comprendront vite.

— Surtout si c'est toi qui parles, Gustav. Tu es neuf.

Arsène fut tenté de parler d'Anna mais sentit que l'instant était inopportun ; il ne voulait pas charger la barque. Gustav écrêta ces secondes imprécises :

— Eh bien entrons... On va commencer par se taper des « penne ala rabiata », on n'aura pas tout perdu.

Dès que Mma Angelica vit entrer le bel hidalgo, elle crut que le Père Noël lui offrait sa houppelande, mais très vite la présence d'Arsène la ramena à une attitude plus modeste :

— Bonjour monsieur Lévi-Cortès... Alors, de nouveau dans nos murs ?

— Eh oui !... J'aime tellement la « Pizzeria Bimbo's » que j'ai voulu la faire connaître à mon ami Lopez de Vargas. Vous faites toujours les « penne ala rabiata » ? Je lui en ai si souvent parlé qu'il meurt d'envie d'en goûter.

Elle le regarda, trop heureuse d'enclencher une conversation satinée :

— Je suis prête à lui faire goûter tout ce qu'il voudra...

— Les pâtes suffiront, dit Gustav.

Arsène et le Messie s'étaient dirigés vers le bar. Gina apparut :

— Campari ?

— Deux doubles avec glaçons et San Pellegrino.

— Triple pour moi, dit Arsène.

Gustav rétablit la modération :

— Tu bois trop, Arsène.

Je m'impatientai :

— Alors Gina ? J'attends.

— Tout de suite, mon beau, dit la serveuse italo-normande qui, à dévisager Gustav, commençait à dériver loin d'Etienne Langlois, son barman du « Tout ou Rien ».

Après trois gorgées de Campari, Arsène attaqua l'essentiel de sa visite :

— Mma Angelica, Ashot Arakélian n'est pas là ?

— Il va arriver, c'est son heure.

— Appelez-le pour qu'il vienne plus tôt, j'ai une bonne surprise pour notre arrangement. Je suis avec mon conseiller financier *(il désignait Gustav)*, c'est lui qui va rédiger le versement sur son compte en Suisse. Arak n'a aucune crainte à avoir, il n'y a pas d'embrouille. Plus vite ce sera réglé, mieux ce sera. On ne tient pas à s'éterniser. Laetitia est à Deauville au « Normandy », entre de bonnes mains. Il n'y a plus de rancune.

Gustav pour faire bonne mesure susurra voluptueusement :

— Dites à Madame qu'il y aura 3 % de la somme dans son escarcelle si elle se montre convaincante.

— En liquide ? gloussa Mma Angelica.

— Cela va de soi, dit Gustav en sortant une liasse monumentale de dollars. *(Puis il ajouta :)* Pas de précipitation !... Nous ferons les comptes dès que notre honorable correspondant sera dans votre établissement.

Arsène s'informa, plein de mansuétude :

— Au fait, a-t-on des nouvelles de ce brave Luigi Zamora ?

Mma Angelica s'empressa de renseigner ses nouveaux bienfaiteurs :

— Il a appelé il y a cinq minutes, il récupère à une vitesse stupéfiante. Le docteur Olivérès est à ses côtés, il doit le gaver d'amphétamines. A mon avis, ça ne m'étonnerait pas de les voir débarquer ici avec l'Arménien. C'est qu'ils n'ont pas digéré de voir s'envoler leur gagne-pain... Il faut comprendre, vous arrivez ici en pays conquis, vous bastonnez Luigi, vous le faites embastiller, vous kidnappez Laetitia, vous ne donnez pas d'explication à votre interlocuteur financier – j'entends par là, M. Arakélian – Rien, pas un mot ! A croire que vous voulez la guerre !...

Arsène n'eut pas le temps de répondre, il venait d'entendre à l'extérieur du « Bimbo's » les crissements de pneus d'une grosse cylindrée. A l'évidence c'était la Mercedes décapotable d'Olivérès qui freinait devant la « Pizzeria ». La porte à battants Western s'ouvrit avec prudence pour laisser entrer Luigi Zamora s'appuyant au bras de son pote médecin. Le proxo calabrais n'avait pas l'air défiguré par la souffrance et seuls quelques sparadraps artistiquement disposés décoraient son faciès d'indic qu'il aurait bien voulu transformer en baroudeur façon James Cagney. On était loin du compte mais le crépu entendait recouvrer son statut de voyou grande pointure et il tint immédiatement à mettre la balle au centre :

— Alors qui parle ? *(Silence)* Vous n'avez rien à dire ? Pas d'excuses ? Pas de pognon ?

Gustav qui venait d'être officialisé par Arsène comme mandataire, entra dans le vif du sujet :

— Précisément, monsieur Zamora, puisque vous parlez de pognon, on va...

— Toi, le Brésilien, tu fermes ta gueule !

Luigi Zamora n'avait pas laissé le temps à Gustav d'amorcer le moindre début de négociation. Comme on peut l'imaginer, le Messie n'allait pas déguerpir sous l'insulte.

— Tout va s'arranger, monsieur. Vous aurez votre argent. La somme que vous avez demandée. Il n'y aura ni discussion ni marchandage. Sir Ashot Arakélian est attendu, j'ai dans ma sacoche tous les éléments pour la tractation, il ne manquera plus que les quelques indications complémentaires dont je ne doute pas que Sir Ashot dispose.

Rolland Olivérès fut le seul à relever le nouveau titre de noblesse de l'Arménien :

— Mais depuis quand Arak a été fait Sir ?

— Je ne peux pas vous donner la date exacte, dit Gustav qui ne manquait pas d'humour, mais lorsque je l'ai aperçu sur le quai à l'arrivée du « San Cristobal » j'ai tout de suite pensé : « Tiens ! Voilà un Lord anglais. » Malgré son type arménien assez prononcé, j'ai senti chez lui une incontestable noblesse british. Peut-être ai-je eu tort ?... Cela dit, si je me trompe ou si cela vous gêne, on ne l'appellera plus Sir Arakélian ni Sir Ashot. Mais c'est dommage... Enfin la question qui nous occupe n'est pas là. D'ailleurs nous allons tout de suite être fixés puisque j'aperçois Mister Arakélian... Vous permettez au moins que je l'appelle ainsi ?

***

Pendant que Gustav mettait un point final à cette incertitude nobiliaire, le taulier de la « Boule Noire » faisait son entrée dans la « Pizzeria Bimbo's ».

Arsène avait assisté à ces digressions surréalistes, conscient que Gustav s'était octroyé le temps de balader ses interlocuteurs étonnés mais guère intéressés. Zamora ne pensait qu'à ses 80 0000 euros et Olivérès flairait vaguement l'embrouille. Seules ces dames se seraient bien laissées glisser sur le toboggan du château de Windsor. Mma Angelica s'était vue en un éclair Lady Arakélian et Gina, si on l'avait invitée au mariage, se serait bien imaginée au bras de Gustav dont elle ignorait qu'il s'appelait Señor Lopez de Vargas. Heureusement, car Etienne Langlois se serait enfoncé un peu plus dans les eaux saumâtres de la plonge.

La première intervention de M. Arakélian fut d'installer la mise au clair de la tractation dans un climat de sérieux et de sérénité :

— Monsieur, dit-il à son interlocuteur financier, je crois préférable que M. Lévi-Cortès ne soit pas présent pendant notre négociation, pas plus que M. Olivérès ni Mme Gina, leurs interventions ne peuvent que ralentir nos travaux. *(Puis désignant Mma Angelica, il précisa :)* Il est évident que nous ne pouvons pas demander à la propriétaire du lieu de quitter la place mais je compte sur elle pour observer un mutisme voire une indifférence qui ne pourront que favoriser l'aboutissement de nos arrangements.

Rolland Olivérès sortit le premier, embarquant Gina à qui il allait sûrement proposer la botte. Où ? Elle choisirait. Puis ce fut le tour d'Arsène de s'esquiver, en déléguant à Gustav le soin de tout mettre en forme pour l'achat de Laetitia :

— Je garde la Bentley, dit Arsène, et je reviens te chercher dans une heure ?...

— Ne te préoccupe pas de moi.

— Mais...

— Non ! Tu sais très bien que je suis toujours là où il faut, quand il faut.

Le code était simple. Je saluai Gustav. Au moment de franchir la porte, il a tenu à me préciser :

— Je te rejoindrai à Deauville.

***

Lorsque je me suis installé au volant de la voiture, j'ai éprouvé un malaise : j'avais la certitude que je ne reverrais plus jamais Gustav. Pourquoi ne lui avais-je pas parlé d'Anna ? Qu'est-ce qui avait pu endiguer ce désir fou ?

On eût dit qu'en réponse à cette interrogation, la Bentley démarra comme si elle décidait de me conduire à un rendez-vous. Je pilotais d'un doigt distrait, contrôlant la direction de cette course à la docile fatalité. Quelques minutes plus tard, je me suis retrouvé sur un môle du port du Havre. J'avais la sensation d'être attendu. Je me suis sagement assis sur un bloc face à la mer. J'eus l'impression que c'était le même bloc que lors de ma première conversation avec LUI. Je commençais à avoir froid et désespérais de notre rendez-vous lorsqu'une légère tape sur l'épaule me fit sursauter. Je compris qu'IL se présentait.

— Je ne vous ai pas fait peur, au moins ? *(IL me vouvoyait, je n'allais pas ergoter.)* Vous n'osiez pas parler tout seul dans la nuit ?

— J'hésitais... Je me suis dit : « S'IL ne vient pas, c'est que ce n'est pas le moment... Autant ne pas L'interpeller... »

— Délicat... Eh bien tu vois, moi aussi... *(IL avait changé de ton, IL me tutoyait)*... Moi aussi J'ai hésité à venir parce que JE me disais : « Maintenant qu'il a Gustav JE ne suis peut-être pas complètement indispensable. » *(IL sourit puis :)* Ne crois surtout pas que JE sois jaloux. JE t'aime beaucoup mais JE me dois à une certaine rigueur.

Puis, délaissant le marivaudage du préambule, IL attaqua le cœur de la rencontre. Bien qu'IL ait l'éternité devant LUI, j'imagine que Dieu n'aime pas perdre son temps.

— Alors ?... dit-IL, il s'en est passé des choses...

On aurait cru une vieille commère qui propose d'accoucher une vierge séduite et déshonorée. IL a tout de suite deviné ma pensée, sa réplique n'a pas traîné :

— La vieille commère te dit bonsoir. Elle s'en va.

La panique ! Je me suis dressé en hurlant :

— Non ! Non ! Ne pars pas ! Je déconnais. Je ne sais pas ce qui m'a pris ! Chaque fois que je me trouve dans une situation basique, il faut que je déconne ! Pardonne-moi ! Parle-moi !

Pour toute réponse, j'eus droit à une caresse le long du mollet gauche mais cette fois ce n'était pas de terreur que je frissonnai mais d'un bonheur aussi édénique que le lever du jour :

— Merci ! Merci ! Je ne cessai de répéter : Merci, merci, merci !...

IL a dû avoir pitié, à moins que mon affolement ne L'ait amusé. IL n'a pas pu résister à me situer à ma place :

— Tu ne t'imaginais pas que J'allais vraiment ME vexer ? Décidément Arsène, vous êtes toujours aussi émotif...

— J'ai été pas mal secoué ces dernières heures, mais les choses ont l'air de se mettre en place. Et puis... comme TU le sais, Gustav est arrivé. Il parle, il nettoie, on l'aime, tout le monde le respecte et attend. Il perçoit toutes ces attentes, ces interrogations, il est toujours souriant. Sa voix calme et rassure. Mais... on sait qu'il ne fait que passer. Alors chacun se tait ou prie. Et lui, il installe ce don de simplicité qui le rend si léger et si proche. On devine aussi qu'il peut passer de la tendresse à la barbarie la plus féroce... En ce moment, TU vois, je suis sûr que pour libérer Pablito, son innocence et ses rêves, il est en train d'égorger un proxénète italien. Il sait pourtant bien que c'est aussi une créature de Dieu, une de TES myriades de lucioles exotiques mais il lui a ouvert la gorge, vu jaillir le sang, il vient de jeter sur sa tête inondée la nappe à carreaux rouges et noirs de la table centrale de la « Pizzeria Bimbo's ».

Pourquoi a-t-il fait ça ? Comment ces choses-là sont-elles possibles ? Il aurait pu discuter, négocier au lieu de trancher la carotide d'un minus au QI déjà condamné. TU peux comprendre ça ?...

IL a réfléchi un moment puis IL a laissé traîner une phrase banale et terrible :

— L'Italien a dû l'énerver...

Difficile de s'accommoder d'une sentence aussi sommaire. Dieu avait repris de la hauteur, IL s'est mis à niveau, en regard de la morale et des principes de justice qui régissent les sociétés humaines :

— Si Gustav a pris un tel risque en se livrant à de semblables exactions, *(IL parlait maintenant comme un chroniqueur judiciaire.)* Il s'expose à une lourde peine de détention.

— Si on l'attrape... J'imagine que TU ne vas pas le laisser tomber ?

IL a eu un haut-le-corps de militant écologiste offusqué :

— En France la justice est indépendante du pouvoir.

Si je ne savais pas qu'IL avait un sens de l'humour particulier, je me serais dit qu'IL partait en couilles.

Je me demandais si j'avais le même personnage en face de moi. On lit souvent dans la

Bible que le Mal se faufile à la place du Bien et que Satan emprunte quelquefois le masque du Seigneur. Je craignais de tomber dans le piège et j'ai décidé de savourer l'incertitude. De toute façon, cette confrontation ferait mon bonheur, j'ai donc attaqué la face sud de la montagne :

— Ma foi... si Gustav va en prison, je lui apporterai des oranges...

La réplique du Seigneur n'a pas traîné :

— Dites-moi, Arsène, si vous continuez à baliverner avec MOI, JE ne vais pas M'éterniser en votre compagnie.

J'ai vite ravalé ma salive et ma familiarité :

— Non ! Pas du tout ! Je voulais vous faire sourire... Mais je vois que j'ai tapé à côté de la plaque.

Dieu avait l'air d'être dans une phase de mansuétude qu'IL s'est dépêché de transformer en approche essentielle :

— Je vous sens troublé, Arsène... Soyez bref, donc précis.

— VOUS n'ignorez pas les péripéties et les avatars qui ont secoué notre séjour au Havre. Rien de tout cela n'était prévu sauf peut-être en regard d'un déterminisme dont je me serais bien passé, surtout pour ce qui concerne le devenir de Pablito. Nous avons fait le voyage du Havre pour accueillir Gustav, rien d'autre. L'événement viendrait de lui. Et seul le besoin d'élucider mon interrogation obsessionnelle figurait au programme.

— Vous avez eu l'opportunité d'évoquer votre inquiétude ?

— Non, Gustav a été si vite embringué dans le feuilleton érotico-crapuleux de Pablito que je n'ai guère eu le temps de le solliciter.

— Et c'est pour cela que vous venez vers MOI ? *(IL sourit)* Vous ME faites jouer les doublures, si JE comprends bien...

— Loin de moi cette pensée !... Loin, très loin... Mais comme Gustav est un peu votre...

— Vous n'allez tout de même pas insinuer... Le Messie est encore une invention de vos religions !... Une belle invention, d'ailleurs... Mais une invention avec laquelle vous avez à composer... Ah ! le libre arbitre... dit-IL en souriant.

J'avais l'impression qu'IL venait de verrouiller en quelques phrases toute tentative de relance. J'ai pris peur et je me suis jeté à l'eau :

— Il faut que je sache ce qu'est devenue Anna !... Si elle est morte, devenue folle, disparue, internée ? Je meurs de son absence ! C'est si long, si long... Est-ce que je supporterais encore longtemps ?

Je L'ai senti las, tout à coup. IL s'est défaussé négligemment :

— D'après les journaux de l'époque votre femme...

— Oui je sais, j'ai tout lu sur cette énigme.

— Comment pouvez-vous dire qu'il s'agit d'une énigme ?

Je m'emportais sottement, prenant un nouveau risque de rupture :

— Mais enfin, Seigneur, quand il y a disparition et que le cadavre n'est pas retrouvé... quand le seul témoin a disparu et qu'il s'est rétracté... On peut censément s'interroger ? Non ?

— Si.

A l'évidence, IL en avait marre :

— Voyez cela avec Gustav.

Puis IL s'envola à la verticale et j'entendis au loin un « Bonne nuit » indifférent, presque poussif. Avant de disparaître à l'horizon, IL a relevé le col de son pardessus :

— N'oubliez jamais, Arsène. La vie est un soupir.

Chapitre XI

La grande salle de jeux du Casino de Deauville se préparait pour une soirée mémorable. Tout promettait que la nuit s'installerait dans un rituel convenu : fortunes en folie, robes du soir extravagantes, maharadjahs enturbannés, saris orangés de maharanées criblés de pierres précieuses, croupiers jaillis de productions hollywoodiennes. Les privilégiés qui allaient s'installer à la table centrale de baccara savaient qu'ils vivraient l'espérance en incendie. Les badauds qui baguenaudaient de table en table savouraient leur importance. Ils allaient témoigner et pouvoir dire de cette nuit : « J'en étais. » L'entrée la plus remarquée fut celle de Marcus Livingstone, potentat mythique de l'« American Grap's Company ». On ne comptait plus ses millions de dollars répandus sur les tapis verts au cours des dix dernières années. Il était gros, Marcus.

Gros, gras, chauve, peau blanchâtre et molle, couperosée de champagnes millésimés, deux ou trois bagues à chaque doigt, tout était étudié pour provoquer le rejet, l'ahurissement, la répugnance. Son bonheur était complet lorsqu'il lisait dans les regards, écœurement et stupéfaction.

Mais Marcus Livingstone avait une qualité déchirante : il était généreux. Il distribuait les pourboires, en réflexe. Heureux de voir le bonheur dans le sourire des croupiers et des grooms qui intriguaient pour apporter sur son plateau les coupes de champagne qu'il commandait d'un battement de cils.

« The » partie venait de démarrer. Autour du poussah, quelques princes orientaux, magnats russes, mafieux de haut vol, tricheurs en sursis d'une balle résolutoire, prenaient leurs cartes, demandaient, passaient la main dans un silence de Fort Knox.

En trois quarts heure, un amoncellement de plaques énormes faisait rempart devant Marcus Livingstone. La chance ricanait. C'est à ce moment précis qu'une apparition fantasmagorique détourna tous les regards vers l'entrée de la salle de jeux. Sarah Livingstone entrait moulée dans une robe de satin rouge, enlacée par Laetitia Marlowe en fourreau de lamé argent. Excentricité de taille, Sarah portait sur le visage un masque de Groucho Marx à la ressemblance stupéfiante. Cheveux en épis de jais, grosse moustache noire, lunettes d'écaille, tout créait l'illusion parfaite. Quant à Laetitia, elle arborait diadème et perruque de Marie-Antoinette qui en faisaient le sosie de Norma Shearer. Leurs silhouettes restaient si féminines et si érotiques que les premiers sourires se sont vite éteints. Soudainement, Sarah Livingstone sortit de son sac un colt 45 et se plantant face à Marcus Livingstone, elle déchargea six balles de gros calibre qui firent exploser poumons et sternum dans un fracas d'exécution. Très calmement, les deux travesties quittèrent la salle de jeux, à travers les spectateurs médusés devant cette séquence dont certains se demandaient s'il ne s'agissait pas d'un canular destiné à enrichir la légende des folles nuits de Deauville.

***

Au même moment au Havre, devant la « Pizzeria Bimbo's », un rodéo de voitures de police, sirènes hurlantes, faisait le siège de l'établissement de Mma Angelica plombé dans une atmosphère de drame. Lorsque je suis arrivé dans ma Bentley, impossible d'approcher, un cordon sanitaire encerclait le périmètre du carnage. En effet, à l'intérieur de la « Pizzeria Bimbo's », la police venait de découvrir le cadavre de Luigi Zamora gorge tranchée, gluant dans une mare de sang et le corps de Sir Arakélian pendu à une poutre de la salle du restaurant. Seule rescapée, Mma Angelica prostrée, affalée dans un fauteuil du bar tenait dans ses mains des touffes de dollars désordonnés.

Au milieu des badauds qui stagnaient devant le « Bimbo's », j'ai aperçu Gustav qui se détacha calmement de l'attroupement pour se diriger vers moi. Il est monté dans la Bentley comme s'il prenait un taxi :

— A Deauville !... Je t'avais demandé de m'y attendre.

La sérénité de son comportement avait l'air contagieux car j'ai obéi sans émotion. Je n'ai guère eu le temps de poser la moindre question, Gustav concluait en une phrase :

— Tout est réglé. *(Puis il ajouta comme s'il voulait justifier la tuerie :)* Pablito et Laetitia sont libres. Le bonheur est en vacances. J'espère qu'ils sauront le dévorer, ils ont les dents de la jeunesse.

— ... Et la fougue des rêveries affamées...

— Joliment dit, Arsène. J'observe que tu ne jettes pas l'opprobre sur l'élimination de deux personnages qui avaient tout exprimé. Qu'auraient-ils vécu de plus, ce mac à la mie de pain et cet Arménien qui avait déjà conquis son bâton de maréchal entre strip-tease, roulette et baccara ? Trois sous par-ci trois sous par-là, est-ce que ça compte pour prolonger une existence ? Crois-moi Arsène, Luigi Zamora et Sir Arakélian ont terminé leur course dans un contre-ut de tragédie et une notoriété miraculeuse, Deo gratias.

⁂

Le retour vers Deauville, une féerie... Gustav et Arsène s'en allaient retrouver l'argent, les chiens, la gloire, l'amour... Mais le bonheur est toujours synonyme d'insouciance. Ce que Gustav et Arsène n'avaient pas prévu c'est qu'à l'intérieur de la « Pizzeria Bimbo's » deux personnages séduisants et terribles venaient de prendre le relais.

Le commissaire Marc-Antoine de Langeron et le capitaine Pailleron attaquaient leur enquête. La police et la gendarmerie unissaient deux génies qui allaient faire danser le destin, Dieu resterait inerte, sur sa banquette.

***

Le capitaine Pailleron possédait une longueur d'avance sur le commissaire de Langeron pour avoir assisté à l'agression dont avait été victime Luigi Zamora lors de l'arrivée du « San Cristobal ». C'est lui qui, après qu'il eut alerté les pompiers, avait réussi à neutraliser le Léonberg en furie et soustraire le corps en lambeaux du proxo calabrais dont il reconnaissait le cadavre sur le parquet du « Bimbo's ». Avec précaution, Joachim Pailleron s'approcha de Mma Angelica dont il avait été l'amant après avoir assidûment fréquenté la Pizzeria. Bon chrétien, protestant austère, l'officier de gendarmerie avait très vite repris ses esprits et réintégré le foyer familial entouré de ses sept enfants et onze petits-enfants. Le protestant est souvent fourbe et dissimulateur. Il n'empêche qu'au regard de la loi et de l'équité, le capitaine Pailleron pouvait se présenter face à Mma Angelica dans un costume d'impartialité sans tache. Lorsqu'il la découvrit prostrée sur l'un des fauteuils du bar, jupe saupoudrée de centaines de dollars déboussolés, il eut quand même un pincement au cœur dont il se servit pour assortir à sa voix, une émotion destinée à faciliter son approche.

— Madame Benvenuta, dit-il en évitant son prénom, il me va falloir vous poser quelques questions indispensables puisque aussi bien deux meurtres viennent d'être commis dans votre établissement et, selon toute vraisemblance, en votre présence.

— Tu peux y aller, Jojo. *(Elle prenait plaisir à exhiber le surnom de son ancien amant.)* Je dirai la vérité, toute la vérité, rien que la vérité. *(Elle leva la main droite et dit :)* Je le jure!

— Madame Benvenuta, nous ne sommes pas encore au tribunal, essayez de rester simple... Tous vos clients connaissent et apprécient votre sens de la théâtralité mais pour l'instant il me suffira d'obtenir quelques informations.

Madame Angelica sortait lentement de son état second et retrouvait sa verve napolitaine :

— Toi, Jojo, t'aurais jamais pu faire chanteur d'opéra. Chaque fois que tu parles, on croit que tu traduis une version latine... Qu'est-ce que tu veux savoir? Qui a tranché la gorge de Luigi Zamora? C'est pas moi. Qui a pendu Arakélian? C'est pas moi, c'est pas Luigi, c'est pas Arsène.

— Qui alors ?

— Gustav.

— Gustav ?... D'où il sort celui-là ?

— Tu crois pas si bien dire... On ne sait pas d'où il sort !

— Mais enfin Gustav... Gustav comment ?

— On ne sait pas.

— Comment on ne sait pas ? Il a bien un nom de famille ?

— On ne sait pas.

— Dis donc, Angelica *(il avait repris sa familiarité)* tu vas pas me balader longtemps avec tes devinettes ! Je veux bien que tu aies été choquée par ce double meurtre mais c'est pas une raison pour jouer « Ophélie » ou la « Folle de Chaillot »...

— Allons bon !... Maintenant c'est plus la version latine c'est le répertoire de la Comédie-Française...

— Tu choisis ! Et si tu persistes dans ton numéro genre énigmatique, je te colle dans les mains du commissaire de Langeron. Et avec lui, ce ne sera pas le même dialogue... Tu vas parler.

— J'parle pas aux Juifs !

— Mais qu'est-ce que tu baragouines encore, là ?

— Enfin, Joachim... tu sais bien qu'il s'appelle Moshe Benhaïm, ton Marc-Antoine de Langeron. Tout le monde le sait au Havre...

— Tout le monde le sait, peut-être, mais personne n'a jamais pu le prouver.

***

Derrière Mma Angelica et le capitaine Pailleron, à l'extrémité du bar, Marc-Antoine de Langeron guettait les prémices de ce premier interrogatoire à chaud. Il alluma un cigare roulé serré, sachant qu'il allait empester la salle. Bonheur. Le Juif est souvent parano et lorsqu'il a l'ouïe fine comme Moshe, cela décuple son vertige de la persécution. Le commissaire savait depuis quelques secondes que Mma Angelica ne « parlait pas aux Juifs ». Il venait de l'entendre japper ce refus. Réflexe fulgurant, il murmura : « Oui, mais moi je parle aux connasses napolitaines. »

Qu'il y ait dialogue ou monologue, le fonctionnaire de police israélite avait la ferme intention de prendre son tour de parole.

***

Mma Angelica avait conservé au fond d'elle-même les réflexes libertaires de ses ancêtres garibaldiens venus se fixer en France.

Sa première giclée au gendarme tint les promesses de ses réminiscences anarchistes.

— Mais qu'est-ce que vous avez à vouloir arrêter les assassins et les voleurs ! On dirait que ça vous fait jouir d'entendre claquer les menottes et grincer les portes de prisons !... Ils sont morts Zamora et Arakélian, foutez-leur la paix ! Ils s'en foutent qu'on colle la perpétuité à celui qui les a trucidés... Et d'ailleurs qu'est-ce qui vous dit qu'ils ne se sont pas donné la mort eux-mêmes ?

— Vous voulez dire qu'ils se seraient suicidés ? interrogea le capitaine de gendarmerie.

C'est ce moment précis que choisit Marc-Antoine de Langeron pour intervenir :

— Non, mon capitaine, cette dame veut dire qu'ils se sont donné la mort, eux-mêmes.

— C'est la même chose !

— Non, Joachim, ce n'est pas la même chose.

Joachim, le protestant, appréciait depuis toujours la subtilité cabalistique de son ami Moshe. Il le mit sur les rails qui devaient le mener vers la lumière :

— Tu peux me préciser ce distinguo, Marc-Antoine ?

Le capitaine désignait toujours son copain de promotion par le prénom de Marc-

Antoine. En public, particulièrement. Il connaissait son amour de la France et son admiration pour les auteurs de « La Pléiade ». Il reprit donc sa question avec la vigueur du puriste :

— Tu peux m'expliquer la différence entre se suicider ou choisir de se donner la mort...

Avec le génie intuitif des fils d'Abraham, Marc-Antoine de Langeron regarda la taulière napolitaine qui ne « parlait pas aux Juifs ».

— Je pense que la restauratrice saura t'expliquer mieux que moi.

Joachim Pailleron observait Mme Benvenuta avec une considération nouvelle. Intense.

— Oui, messieurs, dit-elle, il s'est passé dans cette pièce un phénomène d'envoûtement comme j'imagine dans les cérémonies vaudou... Gustav... *(Elle s'interrompit brièvement puis respira longuement, profondément.)* Gustav expliqua que le désir de vendre une créature humaine, une femme, était une insulte au Seigneur et aux principes d'amour et de respect. La voix de Gustav propageait une vibration, une musicalité, une émotion si denses qu'Arakélian et Zamora d'abord agacés puis abasourdis n'osèrent même pas le chambrer. Ils écoutaient, envoûtés... Gustav leur parlait de la honte qu'ils emporteraient dans le tombeau, il leur parlait de leurs parents, de leurs enfants maudits à jamais. Il leur proposa de chanter avec lui sur le thème majeur du Requiem de Mozart : « J'ai honte, Ô mon Dieu, j'ai honte... Pardonne à nos cœurs corrompus, égarés... » Et ils ont chanté ! Oui messieurs, ils ont chanté. Je n'en croyais pas mes oreilles. Ils répétaient, à la commande, « Ô mon Dieu, j'ai honte... Pardonne à nos cœurs corrompus, égarés... » En solo, en duo, puis en solo, Arakélian et Zamora répétaient sempiternellement comme des derviches tourneurs : « Ô mon Dieu, j'ai honte... Pardonne à nos cœurs corrompus, égarés... » Puis Gustav s'est joint à eux et le duo est devenu trio puis quatuor car je m'étais mise à chanter avec eux. J'étais prise dans une contagion dont je n'arrivais pas à sortir. J'étais heureuse, engloutie dans une ferveur bienfaisante, zombi déterrée, je me suis laissé enlacer par Gustav et nous avons esquissé un premier pas de danse... Le rythme, au début, ressemblait à un tango puis très vite Arak et Luigi nous ont rejoints somnambules et main dans la main nous avons organisé une ronde qui tournait, tournait, hystérique !

Moshe de Langeron ne s'est pas laissé embringuer dans cette confession transcendantale. Il a vite mis de l'ordre dans les débordements de la cassandre napolitaine :

— Tout ça c'est bien joli, ma petite Angelica, mais on ne te demande pas de nous raconter une comédie musicale ! Ils sont morts comment Arak et Zamora ?

— Justement, j'y arrive, messieurs les rationalistes...

— On n'est pas rationalistes, on est flic et gendarme ! Alors ?

— Alors... Possédée, j'obéissais au moindre mot de Gustav. A un moment donné il a dit : Corde ! Et je suis allée chercher une corde derrière le comptoir du bar. Puis il a dit : Arakélian ! Et j'ai donné la corde à Arakélian. Alors l'Arménien s'est dirigé vers le restaurant, il a jeté la corde autour d'une poutre, il a fait un nœud coulant, pris une chaise et il a organisé sa pendaison pendant que Gustav se contentait de dire : Rasoir, Luigi ! Tout s'est passé en un éclair, Arak et Zamora étaient passés de vie à trépas. Je me suis évanouie, affalée dans un des fauteuils du bar. Quand je me suis réveillée, la « Pizzeria Bimbo's » était déserte.

Gustav avait disparu.

Moshe de Langeron, qui avait réussi à écouter jusqu'au bout ce récit apocalyptique, explosa de rage et d'indignation :

— Non mais vraiment, tu t'imagines, Angelica, qu'on va avaler une soupe pareille ! Tu la vends au litre ta minestrone ?

Le capitaine Pailleron renchérissait :

— Toi c'est pas chanteuse d'opéra que t'aurais pas pu faire, c'est scénariste de polars série B, personne ne t'aurait acheté ce script !... Non mais tu me vois rédiger mon rapport de gendarmerie avec tes fantasmes et tes affabulations ? Tu veux me faire virer à deux ans de la retraite !...

— Je ne savais pas que tu étais si vieux...

— Dans l'armée on peut prendre sa retraite à partir de quarante-cinq ans, en tenant compte des années de guerre et des campagnes militaires.

Joachim Pailleron n'avait pas échappé à la coquetterie. Mma Angelica sourit. Mais Moshe Benhaïm ne voulait pas qu'on change de genre. Il ne se savait talentueux que dans l'énigme, le polar ou le drame. C'étaient ses trois genres préférés. Il laissait l'humour aux Italiens et l'ironie aux protestants. Lui, c'est dans la Bible et l'Ancien Testament qu'il avait découvert meurtres, tueries, trahisons, incestes et viols. Son caractère en avait été fondamentalement affecté dès son enfance et sa sexualité portée au paroxysme. A voir la jupe d'Angelica retroussée sur des paquets de dollars, Moshe n'a pas pu résister :

— Qu'est-ce que tu faisais avec ta jupe retournée pleine de fric ? Et d'abord qui te l'a donné ce pognon ricain ?

— Gustav.

— Encore !... Mais il est où ce Gustav ?

— On ne sait pas.

— Encore !... Et des dollars il y en a aussi dans ta culotte et ton soutien-gorge ?

— On ne sait pas... Avec Gustav on ne sait jamais avec précision.

— Eh bien, on va le savoir tout de suite ! dit Moshe grand lecteur de l'Ancien Testament dont l'œil ressemblait à celui d'Assuérus face à Esther à moitié nue. Déshabille-toi !

A l'évidence le protestant était d'accord :

— Obéis aux forces de l'ordre, Angelica !

L'Italienne obtempéra sans négocier. Elle savait que son sex-appeal était son meilleur avocat. Pas besoin de plaidoirie pour déstabiliser les deux champions de la sécurité, zone urbaine et campagne. Sa peau, ses seins, sa croupe, son cou, ses jambes suffisaient amplement à fausser compagnie aux questions qui se voulaient accablantes. Très vite, le capitaine de gendarmerie protestant en apoplexie limite recommanda la décence :

— Rhabillez-vous, madame Benvenuta ! Je vois qu'il n'y a pas recel sous-jacent.

Marc-Antoine de Langeron reprit le fil de l'interrogatoire en se voulant pragmatique et concluant :

— Si je comprends bien : un homme est égorgé, un autre est trouvé pendu, une femme est affalée jambes écartées recouvertes de centaines de dollars et la seule explication qui nous est donnée tient en un seul mot : Gustav ! C'est bien ça ?

— Exactement, répondit Angelica qui se rhabillait avec une lenteur étudiée. Tout ça c'est la faute à Gustav. *(Puis elle ajouta – elle n'aurait pas dû :)* C'est la faute à cet enfoiré de Gustav.

Elle n'avait pas fini sa phrase que son fauteuil fut secoué de saccades épileptiques en tous sens. Il sautait, faisait des bonds d'un mètre et plus, retombait, tournoyait. On aurait cru un tremblement de terre. Mma Angelica avait été projetée au sol et regardait ce fatras d'osier qui sautait, sautait, valsait. Lorsque cette gigue fantastique cessa, tous se regardèrent, stupéfaits, atterrés, muets, blêmes. Le capitaine de gendarmerie protestant ne voulait pas se résoudre à admettre ce phénomène surnaturel, il en appela à la rigueur scientifique et à quelque débordement géophysique :

— Ce n'est rien!... C'est une légère secousse sismique. N'y voyez pas l'œil du malin! Votre Gustav n'est qu'un manipulateur, un petit voyou déjanté...

Là encore la phrase n'était pas terminée que le piano du bar se précipita sur Joachim et Moshe avec la rapidité d'un TGV lancé à grande vitesse. Les deux officiers français eurent à peine le temps de se jeter au sol pour éviter d'être écrabouillés. Moshe eut le mot qui aurait pu être le mot de la fin...

— C'est quoi ça, bordel de Dieu! On est en plein délire!...

A la dernière syllabe, le lustre du restaurant se décrocha et vint s'écraser aux pieds du Juif imprudemment blasphématoire. La chose paraissait entendue : Gustav avait frappé! Il allait falloir tenir compte de ce partenaire.

Chapitre XII

Sarah Livingstone et Laetitia Marlowe prenaient leur bain de minuit entièrement nues dans les vagues qui léchaient les premiers sables de la plage face à l'Hôtel « Normandy ».

Elles sortaient de l'eau, s'y replongeaient avec une gaieté et un entrain excessifs. A croire qu'elles appelaient les regards voire quelques paparazzi opportuns. Exhibitionnisme ? Alibi ?

Sur le balcon de sa suite « Talleyrand », James Clinton-Brown avait tranché. Les deux complices voulaient, à l'évidence, établir qu'elles étaient sur la plage du « Normandy » à l'heure de l'assassinat de Marcus Livingstone.

⁂

Aussitôt rentré dans son salon, James Clinton-Brown se mit à découper en mille menus morceaux la robe de satin rouge et le fourreau de lamé argent que portaient Sarah Livingstone et Laetitia Marlowe lorsqu'elles entrèrent, déguisées, pieds nus, dans la salle de baccara du Casino de Deauville. Quand les deux robes du soir furent hachées en myriades de minuscules confettis, Mister Clinton-Brown les mélangea à une plâtrée de Ronron qu'il versa équitablement dans sept petites assiettes exposées devant Démétrios, Damoclès, Damien, Dale, Dodue, P'tit Derrière et Dali. Les caniches, affamés à cette heure de la nuit, se précipitèrent sur cette tambouille insolite et avalèrent goulûment les pièces à conviction... James Clinton-Brown les installa ensuite, un par un, dans la baignoire de la salle de bains au cas où ils vomiraient cette étrange mixture. Il avait vu juste. Démétrios vomit le premier puis les six D l'imitèrent en éructant à perdre l'âme. Mister James n'eut plus alors qu'à nettoyer, au jet, caniches et vomissures puis le tout-à-l'égout emporta dans ses abysses toute trace de culpabilité des deux sirènes ruisselantes d'innocence...

James Clinton-Brown, minutieux complice, avait pris soin, auparavant, d'allumer un feu de cheminée dans lequel il jeta masque de Groucho Marx et perruque de Marie-Antoinette.

Les cendres précautionneusement ramassées furent versées dans les W-C de la suite « Talleyrand » et la chasse d'eau emporta les derniers vestiges d'identification. Alors, James Clinton-Brown, après avoir bordé les sept D, descendit au Bar Irlandais retrouver Kevin O'Fitzgerald pour qui il éprouvait une attirance incontrôlable. Cette nuit serait la leur, il en était sûr, bonheur confus et bite en feu. Il le trouva en compagnie de la princesse éthiopienne, béguin furtif de Démétrios.

Il jura solennellement sa perte.

***

La nouvelle de l'assassinat de Marcus Livingstone avait été diffusée par les grandes stations de Radio avec l'emphase et le matraquage liés à l'événement. Un milliardaire américain, patron d'une des plus énormes holdings du monde, exécuté à bout portant par deux travestis, au nez et à la barbe d'une foule de joueurs tétanisés devenait une dépêche que l'on pouvait décliner à l'envi. Règlement de comptes, contrat, assassinat politique, drame de la jalousie, toutes les pistes avaient leur lot de motivations. Autant le double crime de la « Pizzeria Bimbo's » pouvait à peine alimenter la presse et les radios locales, autant le meurtre de Marcus Livingstone défraya la chronique des grands quotidiens nationaux et internationaux.

⁂

Lorsqu'Arsène avait ouvert son poste de radio de la Bentley, il n'imaginait pas entendre parler de la perte du PDG de l'« American Grap's Company » mais plutôt quelques chroniqueurs surexcités de Radio-Normandie ou Le Havre Infos, présentant à l'univers l'exécution de Luigi Zamora et de Ashot Arakélian comme l'énigme du siècle. On s'ennuie beaucoup dans les campagnes et chaque élève sorti de l'Ecole de journalisme de Cherbourg rêve de devenir Kessel ou Simenon. Alors, on force le trait, le maximalisme marche encore quelquefois. Les zozos et les gogos forment toujours de gros bataillons.

⁂

Dès que Marc-Antoine de Langeron apprit sur son téléscripteur l'assassinat de Marcus Livingstone, il téléphona au capitaine de gendarmerie Joachim Pailleron. Une intuition le taraudait jusqu'à l'obsession : les deux tueries étaient liées.

Curieusement, ce fut l'info subalterne de Radio-Normandie qui impressionna le plus Arsène et Gustav. En effet, dans chacune de leurs interviews, Marc-Antoine de Langeron et le capitaine de gendarmerie Pailleron faisaient allusion à la présence d'un mystérieux Gustav. Mma Angelica, devenue le centre du feuilleton, y allait bon train et dans tous les journaux locaux et régionaux elle développait sa théorie vaudou de l'hypnose, requiem de Mozart et rondo diabolique... C'est elle qui avait mentionné la présence maléfique de Gustav mais après le triple avertissement paraphysique, secousse sismique, piano déjanté et lustre en chute libre, elle refusait de prononcer le mot de « Gustav ». Elle se contentait d'évoquer un personnage mystérieux au physique de gaucho à mi-chemin entre Clark Gable et Rohry Calhoun. Comme les journalistes locaux n'étaient pas tous des cinéphiles imprenables, ils en furent réduits à interpréter démarche chaloupée, teint bistre et moustache noire. Bref, ce Gustav était présenté comme un vulgaire métèque plus ou moins avantageux.

***

Que faire désormais pour soustraire le Messie aux éventuelles convocations de la police et de la maréchaussée ? Après avoir compris que le filet ne ferait que se resserrer autour de sa personne, Gustav prit sa décision. Il demanda à son ami de stopper la Bentley sur une aire de repos.

— Je ne vois qu'une solution, Arsène. Je reprends le « San Cristobal » qui rentre à La Paz demain matin.

— Quelle heure ?

— 7 h 30. C'est inscrit sur mon billet de retour.

— Tu avais prévu la date et l'heure de ton retour ?

— La preuve...

Rien de ce qui émanait de Gustav ne pouvait surprendre Arsène. Les deux hommes se donnèrent l'accolade et la Bentley reprit le chemin de Deauville. Devant l'hôtel, Arsène descendit le premier et laissa la voiture au Señor Lopez de Vargas :

— Tu abandonneras la Bentley devant le débarcadère. Adieu !

— Ce n'est pas un mot qu'on dit à un Messie. Généralement on l'attend. On espère son retour...

— Gustav... si tu sais quelque chose, parle ! Où est Anna ?... Aide-moi ! Ne me laisse pas mourir...

La réponse tomba plate et précise :

— Arsène, tu es intempestif.

Arsène s'éloigna en direction de l'hôtel « Normandy ». Lorsqu'il pénétra dans le hall, il entendit le vrombissement de la Bentley qui disparut.

Arsène eut l'impression d'une cassure.

***

Sur la terrasse de sa suite « Cléopâtre », il regardait la mer indifférente, déserte. L'eau parfumée, la plage convalescente et les derniers couples d'amoureux endormis sur le sable le bouleversèrent, de manière soudaine. Il pensa à Pablito, voulut l'appeler mais l'heure matinale freina son élan. Arsène rentra dans sa chambre et s'allongea sur son lit. Il s'endormit, habillé.

Au même instant à l'étage supérieur, Laetitia sortait de la suite de Sarah. Sur le pas de la porte, les deux femmes s'enlacèrent, pressées l'une contre l'autre à en perdre le souffle. Leur baiser durait jusqu'à l'étourdissement. Au moment de se séparer Mme Livingstone éprouva le besoin d'alléger la tension, elle sourit :

— Qu'est-ce que tu penses de l'inceste, Laetitia ?... Tu as un avis ?

— J'ai d'autant moins d'avis quand le lien maternel n'est pas formellement établi...

— Tu vas rejoindre Pablito ?

— J'ai promis. Mais j'ai bien peur qu'à cette heure-ci, il se soit endormi depuis longtemps. J'ai 4 heures de retard...

— Alors pourquoi y vas-tu ?

— C'est un enfant...

— Méfie-toi, il grandira.

— Quand il sera grand, nous serons loin.

Pablito avait laissé sa clef à l'extérieur de la serrure, en espérance... Lorsque Laetitia entra, l'enfant somnolait, irrésistible. Elle eut à peine le temps de s'attendrir qu'il ouvrit les yeux. Laetitia songea en un éclair : « S'il me fait une réflexion sur mon retard, je ne le reverrai plus jamais ! » Mais Pablito était tout au bonheur de cette apparition. Il l'embrassait, l'embrassait jusqu'au vertige. Il tituba, s'effondra sur le lit :

— Pardon ! dit-il... Pardon ! *(Il était pathétique de dépendance.)*... J'ai eu un étourdissement... *(Il tenta de plaisanter pour recouvrer un peu de dignité...)* Ça doit être ça « perdre la tête »...

Laetitia avait ôté son peignoir de bain et nue sur le corps de Pablito, caressait, déshabillait. Elle lui retira sa ceinture et le suppliait de la punir... Arguments, suppliques, tout défilait : « elle l'avait fait attendre atrocement », « elle l'avait fait souffrir », « elle méritait d'être punie »... Elle râlait pâmée, grondait...

— Je t'en supplie, Paul, frappe ! Je t'en supplie ! *(Elle guettait le trouble, la défaillance...)* Rien ! Je n'suis rien ! Je me hais ! Mérite pas d'être dans tes bras ! Frappe ! *(Son débit se désarticulait, s'affolait haché, incompréhensible.)* Pourrais pas faire l'amour avec toi là, tout de suite si je n'suis pas punie !... Par toi !... Corrigée ! Frappe ! Corrige-moi... Fouette ! Frappe ! Si tu ne le fais pas, j'te quitterais... J'ai honte ! Frappe ! Fouette-moi ! Besoin ! Il faut ! *(Elle lui tendait la ceinture par la boucle pour ne pas l'effrayer.)* Frappe ! C'est moi qui demande ! Paul !... Qui supplie ! N'arrête que quand je demanderai ! Choisis, Pablito ! Choisis !... Me punir ou ne plus jamais me revoir. Jamais ! Jamais ! *(Elle testait sa panique de la perdre.)*

Pablito fasciné par la splendeur du dos offert... Cuisses, lèvres. Aveuglé, étourdi... Les seins, la voix rauque, hystérique...

Il donna le premier coup de fouet !...

Laetitia remerciait :

— Encore ! Encore !... Mon amour blessé !... Encore ! Blesse-moi ! Encore ! *(Elle criait, hurlait :)* Délivre-moi ! Toi !... Je t'aime ! Je t'aime ! Dis-moi que tu m'aimes !... Fouette-moi ! Dis « Je t'aime » ! Dis que c'est parce que !... Frappe ! Encore ! Encore !... Continue !

Pablito, en quelques minutes, était devenu un virtuose du fouet. Il entrait dans la perversité avec la bénédiction de l'amour.

Il regardait maintenant son fouet à la main, hébété, épuisé.

***

Et Gustav était parti...

A qui parler ? Pablito était encore sur le coup de cette séance ahurissante. Qui était cette Laetitia ? Rien à voir avec la fille voluptueuse et sensible sur la banquette de la Bentley sur les falaises d'Etretat.

Il se demandait si on l'avait droguée, obligée à boire jusqu'à la folie... Mais non, son haleine était clean, pure. Pas d'alcool. Il en était sûr. Il la regarda sur le lit, endormie, apaisée, après toute cette violence, tant d'amour. Il s'interrogeait. Leur vie à venir, leur passion allaient-elles ressembler à cette nuit ?...

Et la rentrée des classes qui arrivait dans huit jours !...

***

A qui parler ? A son père ? A Arsène ? Pablito était incapable de rester dans cette chambre, debout face à la féerie de cette innocence alanguie. Incapable de rester là, raidi par le temps et le froid qui s'invitait.

***

On eût dit que le désarroi de Pablito venait d'appeler son père. Arsène ouvrit la porte de la suite « Michel-Ange ». Il n'avait eu qu'à manœuvrer la clef restée à l'extérieur de la serrure. Lorsqu'il aperçut son fils, une ceinture à la main, l'œil égaré, il comprit toute l'horreur de la situation en découvrant le corps de Laetitia allongé sur le ventre, dos zébré de coups. Arsène s'approcha de son fils, le prit par les épaules puis délicatement, lui retira la ceinture qu'il tenait dans sa main, crispée.

— C'est toi qui as fait ça ?...

— Non.

— Comment non ?... C'est qui ?

— C'est Gustav.

— Tu te fous de ma gueule ou quoi ? Gustav était avec moi, il y a une heure...

— Il est parti ?

— Oui.

— Tu mens !

— Non ! Il reprend le « San Cristobal » et rentre à La Paz... Il retourne d'où il vient.

— Tu mens !

Pablito regardait son père d'un air étrange :

— Gustav... c'est toi.

— Ou toi ?

— Oui... Peut-être ?... C'est peut-être moi, aussi... *(Pablito tremblait.)* Il va revenir ?

— Oui...

— Il te l'a dit ?

— Oui.

— Tu mens !

— Oui...

Laetitia avait ouvert les yeux et se réveillait voluptueusement, glamour Mae West. Arsène n'a pas pu résister à son désir de vengeance. Il ne supportait pas de voir son fils dégringoler, dépendre, enchaîné prématurément.

— Ma petite Laetitia, Luigi Zamora est mort ! Il a été égorgé cette nuit à la « Pizzeria Bimbo's ». Ashot Arakélian a été retrouvé pendu à une poutre du restaurant. Ton proxo est en ce moment à la morgue. *(Puis avec la même désinvolture que s'il avait demandé l'heure, il l'interrogea :)* Ça te fait de la peine ?

— Je m'en bats les couilles.

Arsène n'était pas mécontent du tableau de cette beauté qui se transformait en pouffiasse répugnante, vulgaire. Elle ajouta :

— J'aime ailleurs. *(Pour bien enfoncer le poignard, elle ajouta :)* Et « ailleurs » c'est pas ton fils. Alors crois-moi, pour lui comme pour toi, prends-le, fais-en un paquet et cassez-vous !

Pablito était assommé, il avait réintégré ses douze ans et demi, « bientôt treize » et s'agrippait au bras de son père.

— Excuse-moi, Pablito, dit Laetitia, mais... je ne me voyais pas t'attendre tous les jours à la sortie du lycée Henri-IV... Bonne chance !... Oublie-moi, c'est le dernier cadeau que tu puisses me faire.

Pablito bredouillait :

— Mais... les falaises d'Etretat...

— C'était mille euros. *(Puis d'adressant à Arsène :)* Eh bien, dites-lui, vous, que c'est vrai !

Le téléphone sonna. Laetitia décrocha puis tendit le combiné à Pablito :

— C'est pour toi.

L'enfant prit l'appareil :

— Qui parle ?

— Gustav... Ecoute-moi bien. Tu vas marcher vers elle, tu vas la regarder dans les yeux et tu vas lui dire : « Pour les mille euros, je le savais et je te pisse au cul. » Allez ! fais ce que je te dis !

Pablito raccrocha, marcha vers Laetitia, il se planta face à elle puis avec une conviction époustouflante, il dit :

— Pour les mille euros, je le savais et je te pisse au cul ! *(Et il rajouta, de son cru :)* Et c'est toi qui vas te casser et quitter la pièce !

Pablito était soulagé. Son audace l'avait conforté dans son rôle de mâle. Il venait d'acquérir un nouveau statut et regarda s'en aller cette pauvre chose blondasse, recouvrant piteusement son corps nu d'un peignoir de bain blanc qui affadissait encore plus sa peau blanchâtre. Laetitia était tellement sonnée par cette prise de pouvoir soudaine qu'elle n'eut même pas la réaction de claquer la porte. Elle s'en allait d'un pas traînant retrouver son amante, à qui, chemin faisant, elle se promettait de faire payer son humiliation. Par un curieux réflexe, la vengeance choisissant une cible innocente, Laetitia avait l'impression de frapper l'injustice en filoutant sa victime. On dit que les femmes ne commencent à raisonner qu'après leur pulsion assouvie. Toujours est-il que lorsque Sarah ouvrit la porte pour l'accueillir, visage réjouie, elle reçut une gifle monumentale qui l'expédia au pied du lit. Elle crut à un préambule de « nuit sauvage » et se lova dans les draps, l'impatience au ventre.

Au milieu de la nuit le téléphone sonna. Laetitia décrocha, reconnut la voix et tendit l'appareil à Mme Livingstone :

— C'est Gustav !

Les deux femmes, penchées sur le haut-parleur, écoutèrent un message débité d'une voix neutre :

— Votre calvaire commence.

Chapitre XIII

Après un conciliabule serré qui s'étira tard dans la nuit, Sarah et Laetitia décidèrent de ne pas fuir. Pour deux raisons. D'une part, elles auraient donné une fâcheuse impression de panique et Gustav se serait senti conforté dans son rôle de justicier. D'autre part, elles auraient indiqué aux forces de police et de gendarmerie que les suspectes fuyaient... Quoi ? C'est l'inévitable question qu'on leur aurait posée. Les deux dames patronnesses – elles étaient méconnaissables en bourges normandes – s'étaient donc rendues au brunch matinal sur la terrasse de la plage du « Normandy ». Jupes longues, capelines, ombrelles, elles semblaient sortir d'un film de Zeffirelli. On dit que les femmes ont un sens inné de la comédie. « Se non è vero, è bene trovato », car les deux amantes commandèrent leur breakfast avec un entrain et une innocence qui disaient haut leur bonne conscience croquante et croustillante en faisant honneur aux brioches, croissants et pains aux raisins avec une précipitation qui aurait frôlé la gloutonnerie si leurs gestes n'avaient eu ce velouté qui nous fait tant désirer ces chères « femmes du monde ». Sarah en était à sa deuxième tasse de café lorsqu'un groom vint lui présenter un pli comme s'il lui offrait un bouquet. Elle ouvrit le télégramme avec une impassibilité surjouée :

— Tiens ! dit-elle, je suis convoquée au commissariat central du Havre !...

Laetitia ne supporta pas, elle prit la balle à la volée :

— J'espère que tu ne vas pas déférer à un ultimatum aussi grossier ? Si un flic veut te voir, il n'a qu'à se déplacer !

— Bien joué, Laetitia. Je vais charger Mister James Clinton-Brown de transmettre le message.

Laetitia continuait à s'emporter :

— Nous ne sommes pas aux pièces ! Encore moins aux ordres ! Et si tu veux bien, ma chérie, nous allons terminer joyeusement, sereinement notre petit déjeuner face à la mer et à ce beau ciel bleu. Ne gâchons pas ce moment, mon amour !

***

Marc-Antoine de Langeron et Joachim Pailleron s'étaient répartis les deux affaires. Le capitaine de gendarmerie s'occuperait de la double tuerie havraise et le commissaire de police éluciderait le surprenant assassinat du potentat américain. C'est donc tout naturellement que Moshe se présenta dans le hall de l'hôtel « Normandy ». Il demanda à la réception d'entrer en communication avec la « veuve » et lorsqu'il l'eut à l'appareil, il la pria obligeamment de la rencontrer de façon informelle :

— Souhaitez-vous, chère madame, que je vienne dans votre suite ou préférez-vous que nous bavardions autour d'un verre au Bar Irlandais ? Notre rencontre aurait un caractère moins administratif.

Dans l'appartement « Da Vinci », Laetitia penchée sur le haut-parleur avait entendu la proposition du « flic » comme elle s'obstinait à désigner les forces de l'ordre, du simple agent de la circulation au ministre de l'Intérieur. Elle faisait des signes à Sarah pour qu'elle obtienne de ne pas être entendue seule. Elle n'accepterait de rejoindre Marc-Antoine de Langeron qu'à la condition expresse d'être accompagnée par son amie. Le « flic » n'y vit que des avantages. On avait parlé de deux travesties, la paire de dames lui convenait.

⁂

– Bonjour mes chéries !

C'était Kevin O'Fitzgerald qui accueillait, sonore, Sarah et Laetitia venues rejoindre Marc-Antoine de Langeron, policier tapi façon « polar expressionniste » dans un recoin sombre, en retrait du bar. « L'aristocrate » se leva avec la majesté de sa caste et l'éducation factice dont il avait construit sa neuve identité :

— Mesdââmes... dit-il en faisant sonner une cascade d'accents circonflexes, asseyez-vous, je vous prie.

A peine installée, Mme Livingstone passa commande avec la désinvolture de l'innocence outragée :

— Kevin !... Deux Johnny Walker Carte Noire !... *(Puis elle enchaîna d'une traite et sans transition :)* Assieds-toi Laetitia je vous écoute monsieur le commissaire de police.

Moshe n'avait pas encore posé sa première question que James Clinton-Brown fit une entrée chaloupée de mannequin haute couture, en direction d'une table proche du bar. Il pourrait mieux sentir l'odeur âcre de Hadj Mamadou.

— Je me présente, dit Moshe : Commissaire Marc-Antoine de Langeron.

— Nous sommes au courant, intervint Laetitia qui voulait installer sa présence. Je suis l'amie de Mme Livingstone.

Encore un peu et pour faire bon poids, elle aurait ajouté : « Nous avons l'intention de nous pacser », mais elle retint cette incise car elle craignait de voir dégénérer cet interrogatoire qui ne présageait rien de bon. Elle n'eut pas à le regretter car le « flic » réagit avec une grande courtoisie :

— Vous êtes la bienvenue, Madââme.

— Mademoiselle ! rectifia l'ex-strip-teaseuse qui s'la jouait jeune fille de grande famille.

— Mademoiselle, pardon ! avalisa le flic de plus en plus régence.

Puis, trouvant sans doute que le préambule avait suffisamment duré, il attaqua le cœur de l'interrogatoire, d'une belle voix de médium. Ceux qui le connaissaient savaient que ce velouté vibrato annonçait le harpon. Il ne lâchait plus sa proie.

— Madame Livingstone, vous étiez l'épouse de M. Marcus Livingstone ?

— Je le suis toujours... Je suis désormais sa veuve.

Le commissaire de Langeron monta d'un ton. Il se fit cinglant :

— Nous ne sommes pas chez le notaire !... Un peu de patience, madame... S'il est prouvé – ce que je souhaite – que vous n'êtes mêlée ni de près ni de loin à l'assassinat de votre mari, il est évident que vous deviendrez l'une des femmes les plus riches du monde.

— Considérez cette prévision comme une certitude.

M. de Langeron sourit devant cette précipitation :

— Je suis donc obligé de vous poser la question rituelle : « Où étiez-vous hier soir à minuit trente ? »

— Dans mon lit ! dit Laetitia... Dans notre lit ! *(Elle donnait des précisions que personne ne lui demandait :)* Ensuite, pour nous délasser, nous avons pris un bain de minuit sur la plage du « Normandy ».

— Y avait-il des témoins ?

— Généralement on ne se met pas à poil en convoquant un public.

— Sauf quand on fait du strip-tease à la « Boule Noire » !

La réponse avait giclé, violente. Le flic venait de marquer un point. Il le comprit et n'en profita pas, sa technique étant de ne jamais pousser son avantage. Cette insistance bloquait le suspect qui devenait rétif et se retranchait régulièrement derrière le sempiternel : « Je répondrai désormais en présence de mon avocat ». Heureusement, Laetitia Marlowe avait suffisamment encaissé dans sa vie pour ne pas se laisser mettre KO aussi facilement. Elle sourit avec la même grâce que si elle enlevait son soutien-gorge sur la scène de la « Boule Noire ».

— Moshe, dit-elle... Vous permettez que je vous appelle Moshe ?... Je connais votre goût immodéré pour les belles dames mais il ne faudrait pas que le fait de constater que deux d'entre elles échappent à votre voracité masculine vous fasse perdre votre sang-froid.

Elle venait de le déstabiliser en révélant son origine juive et elle avait l'intention, elle, de poursuivre son avantage :

— Puis-je me permettre de vous rappeler une règle, monsieur Benhaïm ? Ce n'est pas à nous de prouver notre innocence. C'est à vous de prouver notre culpabilité.

— Certes Mademoiselle, et je ne vais pas m'en priver. Vous me placez dans un statut formel, je serai donc obligé d'être dans une position préconçue...

Mme Livingstone, qui avait assisté à cette joute comme si elle était au théâtre, sentait son admiration et sa féminité croître devant la solidité du raisonnement de cette déesse de dix-neuf ans. Cette Vénus blonde venait de la protéger et s'imposait comme le mâle de leur couple.

Sarah retrouvait, avec bonheur, les délices de la soumission femelle. Après la gifle monumentale qu'elle avait reçue de Laetitia, son statut se confirmait. Leur relation devenait harmonieuse. Encore un peu et elle se serait mise à chanter. Mais Marc-Antoine de Langeron n'entendait pas se conformer à cette belle harmonie naissante. Il embraya très calme avec une délectation ostensiblement savourée :

— Il faudra nous expliquer pourquoi vous avez pris votre bain de minuit à... 1 heure du matin ! Soit une demi-heure après l'assassinat de feu votre mari, mademoiselle Doris... Valdès y Garcia.

Devant la stupéfaction de Mme Livingstone rendue à son nom de jeune fille, le « flic » roucoula un petit couplet politique :

— J'avais beaucoup d'admiration pour le courage de votre père et lorsqu'il a été lâchement égorgé par les sbires du général Juan Ibànez, beaucoup de Français progressistes – dont je suis – ont éprouvé un chagrin profond. Rassurez-vous, ceux ou celles qui ont exécuté le PDG de l'« American Grap's Company » ont pensé éliminer le responsable de la mort de milliers de péons sud-américains torturés, affamés, humiliés... Quel est votre avis ?

— Je n'ai pas d'avis. Mais je ne pleurerai pas sa mort.

— Vous en réjouissez-vous ?

— Et quand bien même... Serait-ce une raison pour me suspecter ?

— D'aucune manière.

— Alors, si vous n'avez pas d'autres questions à nous poser, intervint encore Laetitia, nous allons vous quitter. Viens, Sarah !

— Vous partez, madame Livingstone ?

— Oui, monsieur le commissaire de police, nous quittons la France demain matin, en direction de Chicago.

— Qui, nous ?

— Laetitia et moi.

— C'est également votre intention, Miss Marlowe ?

— Exactement. Sarah et moi ne nous quitterons plus.

— En ce cas, je crains que vous ne deviez rester toutes les deux sur le territoire français.

— Tiens ! c'est nouveau ça... ironisa l'expensionnaire de la « Boule Noire ».

— Ça date d'hier soir...

— Mais encore ?...

La réponse tomba précise, sans passion :

— Luigi Zamora a été trouvé égorgé sur la piste de la « Pizzeria Bimbo's ».

Laetitia se mit à rire bruyamment :

— Reconnaissez au moins que je ne peux pas être l'auteur du crime puisque j'étais à Deauville, à la même heure, d'après les informations fournies par la radio.

— J'en conviens, mais vous devrez être entendue par mon collègue, le capitaine de gendarmerie Joachim Pailleron. *(Puis après un temps.)* Vous n'avez pas l'air bouleversé par la disparition de votre mac...

La réaction de Sarah était bien évidemment attendue :

— Son mac?! Quel mac?

Cette fois le « flic » avait décidé de pousser son avantage :

— Je vois, madame Livingstone, que vous ignorez le passé tumultueux de votre nouvelle passion.

Consternée, la Doris faisait peine dans son insistance :

— Mais enfin, parle, Laetitia! Ce connard dit vrai?

— Oui! Il dit vrai! *(Elle en revenait à ses vieux démons suicidaires.)* Il dit vrai, connasse! Tout le monde n'a pas la chance d'avoir eu un père révolutionnaire et un mari milliardaire, limousine, chinchillas, diamants et sept caniches ! Tu sais d'où je sors ? Tu sais d'où je viens !

La violence de la réaction avait surpris.

Marc-Antoine de Langeron observait les premières fêlures. Les deux femmes s'affrontaient, le « flic » n'existait plus. Sarah essayait de sortir de son incrédulité :

— Ne me dis pas que tu es une pute ! Laetitia, réponds ! Ne me dis pas que tu es une pute !...

— Et toi, tu es quoi ? Comment tu appelles une fille de seize ans qui se fait un mec de cinquante ans et cent trente kilos de graisse ? Un coup de foudre ? Une passion torride ? Tu m'la joues comment, là ?

— Je l'ai épousé pour la bonne cause.

— Je sais, tu es une pute révolutionnaire, c'est ça ?... Une pute révolutionnaire, j'avais encore jamais entendu...

— J'ai payé ! *(Elle hurlait :)* Cher ! Et si tu es ici vivante, c'est grâce à moi ! *(La schizophrénie totale)* C'est pour toi – ma fille ! – que j'ai supporté ce quintal de gras sur mon corps. Je me suis sacrifiée pour toi !...

— Oh calmos, la Doris ! Tu vas arrêter un peu oui ?... Dans une minute tu vas me dire : « Heureusement que je t'ai appris à nager...

Sinon comment tu aurais fait pour traverser l'Atlantique à la nage » ? C'est ça ? C'est ça que tu allais me dire ?

Mme Livingstone s'était levée, elle tremblait, riait en vocalises terrifiantes :

— Oui mon enfant, heureusement que je t'ai fait apprendre à nager, tu serais au fond de l'eau, à l'heure qu'il est, à te faire dévorer par les requins et les crapauds !

— Les requins et les crapauds ? La folie totale !... Vous avez déjà vu des crapauds au fond des mers ?

Les deux femmes s'étripaient à coups de questions surréalistes.

Marc-Antoine de Langeron assistait à cette avalanche avec la certitude que la confusion provoquerait un dérapage. Il s'invita :

— Moi je n'en ai jamais vu des crapauds au fond de l'océan Atlantique. Mais... après tout, est-ce qu'on peut savoir avec les batraciens...

Marc-Antoine avait eu la maladresse de laisser glisser son regard sur Kevin O'Fitzgerald en disant : « batraciens ». Hadj Mamadou bondit sous l'insinuation qui n'existait pas mais qui venait frapper le Noir dans ce qui restait en lui de douleur séculaire. Il réagit violemment sous l'insulte :

— Quoi les batraciens ?! Qu'est-ce qu'ils ont les batraciens ?

On entendit alors une voix près du bar : James Clinton-Brown.

— Moi, messieurs, j'adore les batraciens !... au sens où vous l'entendez. Et s'il fallait, j'irais chercher Kevin au fond d'un océan... ou sur le sommet de l'Himalaya !

Le « flic » sentit tout d'un coup que la situation était en train de lui échapper. Quelques clients japonais décidèrent de s'éclipser, indéchiffrables. Ils n'aimaient pas ce genre de situation aux sonorités suraiguës. Fort heureusement, Marc-Antoine de Langeron avait repris ses esprits et son autorité. Il introduisit un billet de 100 dollars dans la poche-pochette de l'uniforme de Hadj Mamadou :

— Calmez-vous, monsieur O'Fitzgerald et occupez-vous donc de ce gentleman américain qui s'est porté si spontanément à votre secours.

Les deux hommes regroupés commencèrent à roucouler dans un jargon bébé incompréhensible d'où il ressortait qu'un week-end à Capri se profilait.

Marc-Antoine de Langeron, avec sa sagacité hébraïque, centrait son interrogatoire. Il avait fait s'asseoir Laetitia Marlowe et Sarah Livingstone et reprenait calmement ses perfidies dont il espérait un dérapage, un aveu, une dénonciation... Qui sait ?

Il s'adressa tendrement à Miss Marlowe :

— Je comprends votre indignation... Il vaut mieux être une escort-girl qu'une meurtrière...

— Je suis bien d'accord avec vous, monsieur le commissaire, dit Laetitia qui n'avait pas vu le coup venir.

— C'est pour moi que tu dis ça ? glapit Sarah Livingstone.

— Qui se sent morveuse, qu'elle se mouche !

— Tu oses !

— Je n'ose rien du tout !... Mais si tu veux un mouchoir, j'en ai un très joli en batiste ajourée.

— Donc ! Vous avouez, madame Livingstone... *(Marc-Antoine brûlait les étapes.)* Vous avouez avoir assassiné ce pauvre M. Livingstone... Un homme si bon, si généreux. *(Le « flic » en remettait pour exaspérer Doris Valdès y Garcia.)* Un être si proche des humbles...

— Lui ? Ce salaud ! Proche des humbles ? Cette ordure méritait cent fois la mort ! Et Laetitia a eu mille fois raison de l'assassiner.

— Quoi ?! *(Laetitia était pétrifiée par cette dénonciation ahurissante.)*

Marc-Antoine s'infiltra :

— Madame dit que vous avez eu mille fois raison d'exécuter M. Marcus Livingstone.

— Moi ?!... Tu peux répéter une horreur pareille, pouffiasse ! Tu peux répèter, Sarah ?

— Miss Marlowe, en tant que commissaire de police, je me vois dans l'obligation de vous arrêter pour meurtre avec préméditation et association de malfaiteurs.

— Association de malfaiteurs ?... Mais je ne suis pour rien dans cette affaire ! protesta chiennement Sarah.

Deux inspecteurs de police qui erraient dans le hall accoururent au premier signe du commissaire de Langeron tandis que Léon faisait son entrée dans le bar. Le molosse vint se répandre aux pieds de Moshe pendant que les flics emmenaient Miss Marlowe et Mme veuve Livingstone.

⁂

Le Léonberg posa sa patte affectueusement sur la cuisse du commissaire de police qui s'apprêtait à partir :

— Ne bouge pas, Moshe ! Tu vas avoir de la visite...

Chapitre XIV

Au desk de la réception de l'hôtel « Normandy », le concierge Kwong Ling avait aperçu l'arrestation de Sarah et Laetitia. De son poste d'observation, rien de ce qui se passait dans le Bar Irlandais ne pouvait lui échapper. Aussi lorsqu'il vit passer dans le hall les deux dames scandaleusement menottées, il n'hésita pas une seconde pour appeler le jeune Lévi-Cortès. Chinois de Shanghai, le concierge s'était pris d'affection pour ce gamin fou de ping-pong avec qui il disputait de mémorables parties, aux heures de coupure.

Dès que Pablito apprit l'arrestation et le départ de Laetitia, sa première réaction fut de prévenir son père. Arsène alerta immédiatement le concierge.

— Est-ce que, par hasard, le commissaire

Marc-Antoine de Langeron est dans vos murs ?

— Exact, répondit Kwong Ling. Il est, en ce moment même, dans le Bar Irlandais en compagnie d'un énorme chien roux avec qui il devise en yiddish. Je crois que le molosse s'appelle Léonberg et comme chacun sait ici, que le véritable patronyme du commissaire est Benhaïm, je n'ai pas été surpris par leur dialecte.

— Vous connaissez M. de Langeron ?

— Tout le monde connaît ce policier hors norme. C'est une terreur qui s'adore dans son rôle de justicier intraitable et sordide. Calculateur, porno, il a tout pour plaire.

Arsène se méfiait des Chinois.

— Pourquoi dites-vous calculateur et... porno ?...

— Calculateur parce qu'il en croque et porno parce qu'il a violé deux de mes sœurs sous la promesse de leur procurer des cartes de séjour...

— Et il les a données au moins ces cartes de séjour ?

— Oui, c'était mille euros, chacune.

Arsène mit un terme à ces éclaircissements. Il avait suffisamment d'éléments pour établir que ce commissaire de police était bien celui qu'il avait connu il y a une dizaine d'années, à l'« Hôtel de la vieille lune » à Paris. Arsène n'avait pas encore arrêté sa décision. Laisser Pablito aller seul à la rencontre du flic ou l'accompagner pour lui éviter quelque déclaration qui risquerait de l'entraîner dans un labyrinthe policier inextricable... Il fut entendu qu'ils se rendraient ensemble au Bar Irlandais.

Dès qu'il aperçut les Lévi-Cortès père et fils, Léon quitta le bar pour aller vers ses amis à qui il indiqua, d'un mouvement de tête, qu'ils devraient le suivre s'ils voulaient rencontrer Marc-Antoine de Langeron.

— Je lui ai parlé de vous, dit Léon.

***

– Asseyez-vous, je vous prie... s'empressa, obséquieux, le commissaire de police dont la mémoire infaillible avait identifié leur ancienne rencontre. *(Puis plus servile que jamais, il embauma l'artiste :)* C'est un honneur de rencontrer un illustre sculpteur et quand je dis rencontrer, je devrais dire retrouver... Que me vaut le plaisir ?...

— Mon fils souhaiterait vous poser quelques questions.

— Volontiers, encore que, d'ordinaire, c'est moi qui pose les questions.

Léon voulut jouer les entremetteurs discrets et s'apprêtait à sortir lorsqu'Arsène brisa sa démarche :

— Reste, Léon ! Si M. Benhaïm ne comprend pas exactement ce que je vais lui dire, tu traduiras en yiddish.

Le Léonberg réintégra le trio et vint s'installer aux pieds de son jeune maître :

— Ça va, Pablito ?

— Ça va.

L'enfant caressa la belle fourrure de ce grand chien roux rencontré sur une route de nuit et devenu son ami.

— Je voudrais savoir pourquoi vous avez arrêté Laetitia Marlowe ? dit Pablito.

— Rien n'est plus simple. Elle est accusée d'avoir abattu à bout portant M. Marcus Livingstone, de trois balles de gros calibre, avec la complicité de Mme veuve Livingstone que nous avons également placée en garde à vue.

Pablito insista :

— Est-ce qu'on sait les raisons pour lesquelles Laetitia aurait assassiné cet homme qu'elle ne connaissait pas ?...

— L'interrogatoire n'a pas encore commencé, nous n'en sommes qu'à la garde à vue. Son arrestation a été motivée par une dénonciation. Mais une dénonciation de taille puisqu'elle émane de

Mme veuve Livingstone, son amante... Et vous étiez parfaitement fondé à employer le conditionnel en disant que Laetitia « aurait » assassiné... *(Puis plus racinien que jamais, il remarqua, poignard :)* Mais je vous vois pâlir... Serait-ce l'évocation, l'indiscrétion malheureuse des relations lesbiennes des deux complices présumées qui vous a choqué ?

— Pas du tout, pas du tout... bafouilla Pablito, anéanti. Non... ce n'est pas ça...

Marc-Antoine de Langeron tenait son harpon d'une main ferme.

— Si ce n'est pas ça... c'est quoi ?

— Je l'aime, monsieur...

La puérilité du propos aurait attendri un bataillon de Torquemada mais le commissaire de police hébraïque resta insensible. Marc-Antoine de Langeron avait échancré le cœur de l'enfant, il laissait le sang s'écouler. Le « flic » se tourna vers le père :

— Je suppose que vous êtes comme moi, Arsène Lévi-Cortès, tant d'amour vous bouleverse... Vous avez vous-même connu cette morsure impitoyable et délirante. J'ai encore dans mes rapports du premier trimestre 1992 votre déclaration échevelée, lorsque vous vîntes signaler la disparition de votre épouse Anna Lévi-Cortès.

— Je ne me souviens pas de vous.

— Mais nous, nous souvenons de vous. Votre témoignage a été consigné, consciencieusement archivé. Je la tiens à votre disposition.

— A quoi bon ? Je n'apprendrai rien que je n'aie déjà déclaré.

— A moins que d'autres témoignages ne soient venus, entre-temps, éclairer cette douloureuse énigme...

Arsène n'appréciait pas.

— Je vous prierai, monsieur le commissaire, de ne pas évoquer cet incident tragique en présence de mon fils.

— Mais bien évidemment, il en sera fait comme vous le désirez... Je voudrais simplement – et j'en aurai terminé – poser une question à votre enfant. La dernière : A quelle heure avez-vous vu Miss Marlowe pour la dernière fois ?

Pablito regarda son père qui, d'un signe discret, lui enjoignait de dire simplement la vérité.

— A 2 heures du matin.

— Vous en êtes sûr ? Réfléchissez, c'est important.

— J'en suis sûr, elle était en peignoir-éponge blanc, elle revenait d'un bain de minuit. Je l'attendais depuis 4 heures et je n'ai pas cessé de regarder ma montre.

— Merci. Tout cela corrobore ma conviction. Lorsque vous rentrerez à Paris, si j'ai besoin de vous entendre de nouveau, c'est moi qui me déplacerai, je ne veux pas désorganiser votre rythme scolaire... La rentrée des classes est dans quelques jours, je crois ?

— Oui monsieur.

A l'évidence, Arsène était exaspéré par cet interrogatoire superflu qui n'apportait rien de bien nouveau si ce n'est la perturbation dans le cœur et l'esprit de son fils.

— Moshe, dit-il, on va cesser de jouer au chat et à la souris... Qu'est-ce que tu veux ?

— De toi, rien, mais tu devras certainement être entendu par le capitaine de gendarmerie Pailleron qui est en charge du double crime du « Bimbo's ». Mma Angelica, la patronne de la pizzeria, lui a affirmé que tu accompagnais le fameux Gustav lorsqu'il est venu proposer ses services pour l'achat de Laetitia Marlowe. Est-ce vrai, est-ce faux ? Il n'y a que toi qui puisses l'établir, encore que, lorsque tu es revenu chercher Gustav, plusieurs témoins, à l'extérieur du « Bimbo's », ont vu ta Bentley embarquer ce personnage énigmatique.

— C'est vrai... Mais où est le problème ? Au moment où je suis arrivé à la « Pizzeria Bimbo's », Luigi Zamora et Ashot Arakélian étaient encore en vie, quand je suis revenu, ils étaient morts, ce qui prouve à l'évidence que j'étais absent au moment de leur décès.

— A l'évidence.

— Alors ?

— Alors, tu seras entendu non pas comme suspect mais en qualité de témoin. Tu n'as rien à craindre.

— J'aimerais être convoqué le plus vite possible car mon intention est de rentrer à Paris et de m'éloigner au plus vite de cette poudrière.

— Je vais transmettre.

— Je quitterai l'hôtel demain, en fin d'après-midi.

Moshe de Langeron se leva pour saluer le départ des Lévi-Cortès puis, apercevant le majordome de Mme veuve Livingstone, il claqua des doigts en direction de Hadj Mamadou pour lui signifier qu'il souhaitait s'entretenir avec son béguin américain.

***

James Clinton-Brown s'est alors assis de bonne grâce à la table du commissaire qui adressait un ultime « Baroch Achem » au Léonberg. M. de Langeron s'inquiéta aussitôt des « enfants » de Sarah, orphelins provisoires qu'il ne souhaitait pas voir finir, disait-il, à la fourrière de Deauville.

— Qu'allez-vous donc faire de ces adorables petits diables ? Votre intention est-elle de les garder ? En aurez-vous le temps ? Et... l'argent pour vous en occuper ?

— Mme Livingstone ne restera pas longtemps en garde à vue. Je sais qu'elle est innocente et – sauf à en inventer – vous ne trouverez aucune preuve de sa culpabilité. Que dis-je, aucune preuve ?... Aucun indice !...

Moïse, fin lettré, identifia le distinguo entre preuve et indice. Il réfléchit un court instant, puis, impromptu :

— Est-ce que l'un des sept caniches parle le français ?

— Pourquoi ?

— J'aurais aimé en interroger un ou deux... Ou trois.

— Ou les sept pendant que vous y êtes ?

— Pourquoi pas ?... Mais vous ne m'avez toujours pas répondu...

— Je vous réponds. Non, aucun des 7 D ne parle français. Je sais que c'est assez rare que des caniches ne parlent pas français mais ces petits diables, comme vous dites, sont paresseux. Ils chantent, dansent mais ne parlent pas. Et pour tout vous dire, tant qu'ils sentiront leur maîtresse menacée en garde à vue, je doute de les voir évoluer.

— Je vois... Ah, Jimmy, j'observe que vous n'êtes guère coopératif... Je serai donc patient. J'ai la volupté de l'attente. *(Puis il ajouta presque anodin :)* Quitterez-vous la France ou préférez-vous attendre que le sort de Mme veuve Livingstone soit fixé ?

— J'attendrai ma maîtresse. *(Enfin il ajouta après un regard à Kevin Mamadou :)* Je me sens très bien dans cet hôtel...

Hadj O'Fitzgerald s'attendait à être convoqué à son tour mais M. de Langeron semblait ignorer ce personnage négroïde dont il sentait confusément qu'il ne tirerait rien. Pour l'heure. Le commissaire jouissait d'un éventuel changement de cap qu'il pouvait provoquer, à tout instant.

— Je peux disposer ? interrogea Mister James Clinton-Brown.

— Vous pouvez. *(Puis ne voulant pas perdre une miette de sadique espérance, il précisa :)*... Mais ne quittez pas Deauville sans m'en informer.

— J'ai bien compris, monsieur le policier.

M. de Langeron se leva puis quitta le bar en lançant à Kevin :

— Monsieur Mamadou, vous mettrez les

consommations sur la note de Mme veuve Livingstone, c'est elle qui a invité.

Et il sortit sous le regard de Kwong Ling. A l'évidence ces deux-là n'allaient pas tarder à se revoir.

Chapitre XV

Le jour tombait. Arsène avait couché Pablito et marchait sur la plage. Il L'attendait. Dieu viendrait peut-être l'aider à ponctuer cette expédition insolite. Arsène s'était déplacé de Paris pour consulter Gustav, retrouver Anna, la sauver, la guérir, l'aimer de nouveau comme avant, mieux qu'avant... Mais une cascade d'événements l'avait exilé de sa quête initiale, son interrogation devenue obsession : où était Anna ? Sa femme, sa passion disparue depuis dix années passées à faire le beau, le poisson rouge, grand artiste, père libre, affectueux, veillant Pablito comme on veille une icône de cristal, donnant le change en silences et dérives. Il ne voulait pas mourir sans revoir Anna... Sans savoir.

⁂

Arsène s'est assis au bord d'une barque endormie sur le sable.

La plage était déserte, il ne craignait pas de parler seul à haute voix :

— Tu me manques, Gustav. Pourquoi es-tu parti ?...

Et la voix de Gustav répondit :

— Tu sais bien pourquoi. Je ne voulais pas te compromettre, t'embringuer dans une affaire de double meurtre... Par fascination peut-être mais deux hommes sont morts, l'un pendu, l'autre égorgé. Et si tu veux savoir où est Anna, rien ne t'empêche de tenter ta chance auprès de... L'AUTRE. Je LE connais, commère, comme IL est, IL ne refusera pas de péter quelques ragots qui deviendront peut-être des indices.

Et comme pour concrétiser cette précision, Arsène vit arriver au loin Léon majestueux porteur de messages énigmatiques.

— Parle en français ! dit Arsène.

— Bien.

— Je t'écoute... Tu sais où est Anna ?

— Oui.

— Où ?

Pour toute réponse, Léon se mit à aboyer. Arsène n'appréciait pas ce changement d'expression :

— Arrête tes conneries, ou je te saigne, Léon ! Là, tout de suite ! Sous la lune ! Regarde bien la lune, Léon ! Tu veux crever en face de cette boule inerte, grotesque ! *(Arsène avait sorti son pic de sculpteur et serrait le Léonberg par le cou :)* Arrête d'aboyer ! Parle ! *(Il hurlait :)* Arrête d'aboyer ! Où est Anna ?

Rien n'y faisait, le molosse continuait de hurler à la mort. Lorsqu'Arsène tomba à genoux sur le sable, une main se posa sur son épaule, IL était là.

— Ne pleure plus ! C'est MOI qui ai privé Léon de parole. JE la lui rendrai plus tard, JE te le promets. Mais avant ça, JE veux que tu le caresses. C'est un être vivant, lui, pas une sculpture ! Tu comprends ? Pas une sculpture ! Tu as compris ?... Pas une sculpture ! *(Il hurlait :)* Pas une sculpture !

Arsène caressa cette fourrure yiddish qu'il aima tendrement. Il pleurait, assommé, détruit :

— Oui j'ai compris... j'ai compris...

— Tu as compris que la sculpture est la pire des offenses, la pire des infamies ? Les sculpteurs les pires tortionnaires ?... Ils taillent, pique et marteau, frappent, creusent ! Et pourquoi ?

— J'ai compris, j'ai compris, arrête ! Je T'en supplie, arrête ! Arrête !...

— Anna est morte, sculptée ! Figée, inanimée, sans regard, sans parole, sans couleur.

Quand elle t'a quitté, tu as retrouvé sa sculpture glacée dans ton lit et tu t'es mis à hurler, folie, épileptique, braillant mille sottises sauf une.

— Laisse-moi parler, je vais mourir... *(Arsène suppliait, voix écorchée, inondée de larmes, hoquets, sanglots.)* Laisse-moi parler !

— Tu auras tout le temps de parler. Pour le moment, c'est MOI qui parle !

Le ton n'était plus à la discussion, encore moins à la conversation. Dieu était devenu terrible. Dans SON rôle. SEUL !

— Tu n'as jamais aimé personne ! Aimer vraiment. Oh... tu as été bon, attentif, généreux, mais AIMER ? Tu sais ce que cela veut dire ? Tu as enfermé, sculpté, immobilisé la vie, arrêté l'espace et le temps ! Et tu n'as rien regardé que ces déchets aboutis que tu aimais, admirais, pire : vendais ! Tu as vendu l'âme, la vie ! La beauté ! Et tu n'as rien vu autour de toi... Tais-toi ! Tu as reproduit dans l'acier, le feu et la pierre, la créature de Dieu, ton frère, ta mère ! Et puis ta femme ! Ton amour !... Tais-toi ! Tu vas encore m'écouter...

Arsène était sidéré par cette diatribe forcenée. Pourquoi Dieu était-IL devenu ce procureur impitoyable face à la sculpture qui avait jalonné l'humanité, civilisations, glorifié les saints, les anges, embelli les églises et les cathédrales, magnifié, transcendé les apôtres ?... Pourquoi ?...

Il y avait sûrement autre chose dans ce rejet ! Quoi ?... Un langage ?... Un message ?... Et pourquoi la sculpture ? Pourquoi pas un mot sur la peinture, tout aussi reproduisant ?...

Arsène regardait la mer, hébété, perdu. Le désert. Rien autour de lui. La plage muette, l'horizon indifférent.

***

Arsène marchait sur le sable comme s'il remontait le temps.

Lorsqu'il avait connu Anna, Arsène était maître-assistant à l'Ecole des Beaux-Arts à Paris. Il s'essayait déjà à la sculpture et gagnait sa vie en enseignant à des élèves à peine plus jeunes que lui. On sait que souvent s'établit une relation d'admiration et de coquetterie qui transcende le marivaudage pour aboutir à des idylles. Dans son cours, Arsène avait un quota d'étrangères venues en France pour affiner leurs connaissances des Arts Plastiques, leur talent quelquefois. Et ce qui devait arriver, arriva. Parmi les beautés exotiques, Arsène avait tout de suite remarqué une jeune Colombienne qui avait – il le sut plus tard – fait ses études au Collège français des Bénédictines à Bogota.

— Tu ne peux pas imaginer, Pablito, la splendeur d'Anna à seize ans !... Longue tige, pâleur irréelle, cheveux noirs jais tirés en bandeaux stricts et des yeux si grands si bleus, une bouche charnue, légèrement aplatie sur la lèvre supérieure, tout disait : « Ne m'approchez pas, vous allez mourir d'amour pour moi. » A la fin d'un cours qui tentait de démontrer l'influence de Rodin sur Maillol, Anna attendit que la salle se vidât pour s'approcher de moi et me dire les yeux dans les yeux :

— Je voudrais vous inviter à déjeuner et vous parler de... vous.

— De moi ?

— Oui, de vous. Je suis sûre que vous serez intéressé.

Pour être intéressé, je l'étais déjà, hypnose. J'ai accepté.

— A condition que ce soit moi qui paie l'addition.

— Non.

J'ai soutenu son regard un instant puis j'ai laissé filtrer un « d'accord... » enroué. J'avais si peur qu'elle retire son invitation. J'étais déjà « mort d'amour pour elle »...

Anna avait choisi le bistrot-restaurant, une table de deux couverts nous attendait. Elle avait réservé, n'imaginant pas un instant mon refus ni même l'idée que j'aurais pu ne pas être libre. Elle avait raison, j'aurais tout décommandé pour un tête-à-tête en face d'elle.

***

Très vite la folie me porta son premier coup. A peine avait-elle commencé à verser du vin dans mon verre, j'ai dit une phrase qui allait revenir sans cesse et m'entraîner dans le désastre de toute une vie.

— Ne bougez pas ! Restez comme vous êtes... Ne bougez pas ! Je veux fixer votre geste. Il est si beau... Ne bougez pas ! *(Et j'ai répété encore :)* Ne bougez pas !

Anna a fini d'emplir mon verre puis elle a posé son menton sur ses paumes entrouvertes et m'a regardé. J'étais fasciné, j'ai recommencé :

— Ne bougez pas ! Surtout ne bougez pas ! Je veux fixer votre attitude !...

Et nous nous sommes contemplés, cœur bloqué, aériens, ridicules sans doute mais nous avons souri. Heureusement. Lorsque le serveur a déposé son plat du jour, elle m'a dit avec la malice de ses seize ans...

— Ah ! Maintenant si vous voulez que je déjeune, il va falloir que je bouge mes mains...

Puis elle s'est mise à manger avec un tel entrain mais aussi une telle distinction qu'à la deuxième bouchée, j'ai recommencé à dire la même sottise :

— Ne bougez pas ! Votre élégance dans un geste ordinairement trivial est si léger, si fluide, si poétique... Ne bougez pas !

Anna s'est mise à rire avec une indulgence attendrie.

— Mais c'est une manie chez vous de dire : « Ne bougez pas ! »... Vous le dites tout le temps ?

— Non c'est la première fois...

— Vous démarrez fort. Vous avez dit « Ne bougez pas ! » huit fois depuis que nous sommes assis.

Surpris, contraint de l'admettre, je me suis lancé dans des explications alambiquées d'où il ressortait que sa beauté, son charme provoquaient en moi un réflexe pavlovien. J'ai ensuite essayé de faire diversion pour sauver mon idée fixe de son « immobilité-fascination », et j'ai réussi doucement à l'amener sur l'objet de son invitation à déjeuner.

— Qu'est-ce que vous vouliez m'apprendre de moi ?

Elle a joliment penché sa tête sur le côté comme si elle réfléchissait, avant de tenir promesse. Elle était si belle que j'ai dû me mordre les poings pour ne pas dire encore : « Ne bougez pas ! » Elle m'a gentiment délivré.

— Vous voyez, je ne bouge pas... Je garde le même port de tête.

— Qu'est-ce que vous vouliez m'apprendre de moi ?

— Que vous faites fausse route. Vous n'êtes pas fait pour enseigner mais pour créer.

Pour accéder au moindre de ses désirs, j'étais prêt à vendre des aspirateurs. Alors, pensez, pour réaliser mon rêve le plus ancien...

— Je suis décidé à sculpter jusqu'à la fin des temps...

J'avais vingt-cinq ans, l'art et l'amour se réclamaient l'un l'autre. Elle a souri devant la solennité de ma détermination. Je ne sais plus exactement ce que nous avons mangé. Je sais seulement que lorsqu'elle a poivré son plat du jour, je me suis surpris à dire une banalité limite ridicule :

— Dans votre pays, on mange très épicé.

Elle a plongé son regard dans le mien :

— Oui dans mon pays on mange très épicé.

C'est, je crois, la déclaration d'amour la plus érotique que l'on m'ait offerte dans ma vie. Anna m'a suivi dans ma chambre d'étudiant au dernier étage sans ascenseur, 9 boulevard Malesherbes. Tout ce que je m'autorise à te dire, c'est que notre première nuit d'amour a été épicée... Anna évidemment était vierge, fleur de son éducation religieuse et familiale. Nous nous sommes un peu racontés. Son père Juan-Antonio chirurgien ostéopathe, sa mère danseuse étoile à l'Opéra de Bogota. Leur passion, les deux sœurs d'Anna, Lucia et Amanda, comment Juan-Antonio avait sauvé sa mère en l'opérant d'une arthrose de la hanche, lui permettant de poursuivre sa carrière de danseuse, la gratitude puis l'admiration, enfin l'amour. Ces deux-là étaient nés pour se rencontrer.

— Je te dirais bien que je suis l'enfant de l'amour et du destin, conclut malicieusement Anna, à condition que tu ne trouves pas ma phrase trop « roman-photo » ?...

J'ai dit non. D'ailleurs je n'entendais rien. Sa voix me berçait, j'écoutais la musique mais pas les paroles.

***

A 22 h 30 très précises, Anna a bondi hors du lit pour se précipiter à la pension de famille Sainte-Thérèse adjacente à la Maison de l'Amérique latine. Les nonnes qui tenaient cet établissement ne badinaient pas avec le règlement.

Le couvre-feu était fixé comme un couperet de guillotine. Au-delà de 23 heures les portes se fermaient impitoyablement. « Et jamais, me dit Anna, on ne vit une désertion. »

Nous avons vécu six mois d'un bonheur clandestin puis il fallut nous marier, tu allais naître et il n'était pas question d'interrompre une grossesse que personne, d'ailleurs, ne songeait à interrompre. Ni la religion ni notre amour ne pouvaient envisager un tel assassinat... Aucune réticence de la part de ses parents. De mon côté la question ne se posait pas. Je suis un enfant de la DASS, Pablito. Quelle chance !... Je n'aurais admis aucune immixtion, j'aurais tué, volé pour vivre une vie aussi éclatante. Mais à cette époque j'étais pauvre, pas de parents, pas d'argent, un petit boulot supplétif... J'étais nerveux, mentalement fragile, susceptible. Pourtant notre différence de milieu social ne posait pas de problème. Elle m'aimait, m'entretenait avec une délicatesse invisible. J'étais énamouré, je suis devenu religieux... Pourquoi fallut-il que cette passion devînt monomaniaque ? Pour la mériter, je travaillais du soir au matin, dormant peu, dînant de rien. J'avais largué mon boulot de maître-assistant pour me consacrer à créer, laisser « une œuvre »... Je commençais à vendre – oh ! pas cher et si peu – jusqu'au jour où un marchand lithuanien à moitié fou m'a pris sous sa protection. Contrat simple. A lui, Woltan Livinskas, de me faire une rente mensuelle, à moi de travailler, produire. De religieux je suis devenu stakhanoviste. Le petit atelier où nous avions emménagé après avoir quitté notre chambre de bonne du boulevard Malesherbes, résonnait jusqu'à l'aube de coups de marteau, pique, sifflements de stylets, raclements stridents à vous défoncer le tympan... Etaient-ce le bruit, mon état de faiblesse, mon érotisme limite priapique, toujours est-il que tout s'est dégradé. Je devenais fou, mon syndrome du geste interrompu, de l'expression arrêtée, m'avait rendu cliniquement dingue. D'autant plus dingue que j'avais trouvé une astuce géniale et désastreuse pour « immobiliser » Anna. Je lui demandai un jour d'être mon modèle, donc de poser pour moi... Sans bouger!

— Pourquoi me racontes-tu cela seulement maintenant?

— Parce que tu viens de connaître la passion et la dépendance. L'une ne va pas sans l'autre. Ne réponds pas! On ne peut pas s'engouffrer dans un élan sans lancer un filet d'hameçons qui viendra vous déchirer le cœur, tout se fissure et saigne et racle, violons du bal. J'ai longtemps erré de psychiatre en psychiatre avant de rencontrer le professeur Mâarek. J'ai raconté, parlé, parlé des nuits, des jours, intarissable et lui aussi têtu dans son écoute que moi vomissant pleurs et injures contre la cancéreuse fatalité de l'idée fixe. Quand j'avais fini un corps d'Anna, j'en commençais un autre dans une attitude différente, debout, assise, à genoux, allongée, alanguie, révoltée, stupéfaite, endormie de fatigue, de lassitude, vaincue. Elle n'en pouvait plus de ne plus bouger. Et puis un jour, Anna a refusé l'asservissement, l'esclavage inerte, muet... Immobile. Immobile. Immobile... Qui accepterait pareille dégradation, pareille diminution ?... Anna partait, je suppliais, elle revenait. Puis elle repartait, je suppliais mais...

Elle ne revint plus dans l'atelier. Elle ne m'a pas quitté : tu étais là, bébé innocent qui l'attachait à notre vie devenue infernale, sans saveur, sans couleur... C'est sans doute ça la sculpture... C'est ça la sculpture ?

— Je ne crois pas, non...

— Je n'avais plus de modèle vivant, je me suis jeté sur « le détail ». Je sculptais ses mains, une main, deux doigts, un bras, un ongle, une oreille, un orteil. Parallèlement à cette folie éclatée, Woltan Livinskas faisait monter les prix de cette œuvre que les critiques avaient baptisée

« La femme éparpillée »... Une main : tant d'euros, un ongle de 70 centimètres carrés : tant de dollars, un dos, un cul, un œil bientôt une fortune... Le classique cheminement de la réussite, du succès, de l'argent maîtrisé par l'amour et le dévouement, l'abnégation d'Anna devint bordélique... Jusqu'au jour où Woltan Livinskas corseta cette débandade par une organisation méticuleuse, implacable. J'avais un immense atelier, moderne, lumineux, il ne me restait plus qu'à produire, produire, produire jusqu'à l'épuisement. Cette période accompagna ton nomadisme, d'école suisse en collège anglais. Ridicule... Je ne voyais rien. C'est lorsque j'ai voulu te sculpter, toi l'enfant d'une déesse et d'une paranoïa qu'Anna s'est révoltée, transformée en furie. « Jamais ! Si tu touches un centimètre de sa peau, je disparais ! Tu ne me verras plus jamais ! Jamais ! » Elle a tenu parole. Assurée de ta formation et de ton avenir, elle a disparu. Disparu... Evaporée. Comme le vent qui, lui, ne se laisse pas sculpter ! Il bouge, court, s'envole, revient, nargue puis disparaît.

Le professeur Mâarek m'a sauvé, aidé à revenir sur terre. C'est ton amour qui lui a servi de support, de thérapie. Entre-temps, j'avais constitué une œuvre insolite, à la fois éparpillée, transcendée, unifiée par l'imaginaire débridé de critiques que Woltan Livinskas excitait ou payait. La FIAC m'avait consacré un territoire pour célébrer l'unicité d'un parcours « éblouissant », « innovant », « pathétique » bref, des conneries pour collectionneurs japonais ou allemands. Suédois aussi peut-être ? Américains, sûrement.

Pablito frissonna.

— Il neige, père...

Arsène regarda le ciel et vit des myriades de flocons blancs qui descendaient, dolents, sûrs d'eux. Ils recouvrirent la plage d'un tapis à la candeur éblouissante.

— C'est beau, dit Pablito... Tu pourrais sculpter ?...

— Difficile.

— Pourquoi ?

— Je ne sculpterai plus jamais.

Le portable d'Arsène sonna. On eût dit un signal ou un rappel à l'ordre. C'était une communication de la gendarmerie du Havre. Joachim Pailleron informait avec une infinie délicatesse :

— Monsieur Lévi-Cortès, il est inutile que vous vous présentiez dans nos services. Les interrogatoires de Mma Angelica et Laetitia Marlowe ont été suffisamment explicites. Nous n'avons pas besoin d'informations supplémentaires. Vous êtes donc libre de rentrer à Paris en toute quiétude. *(Puis avant de raccrocher, il ajouta comme s'il avait oublié l'essentiel :)* Ah ! au fait, le commissaire de Langeron m'a chargé de vous dire que si vous le désirez, vous pouvez avoir accès au dossier de Mme Anna Lévi-Cortès à toute heure du jour et de la nuit. Le commissariat central du Havre est ouvert en permanence. Bonsoir monsieur.

Arsène venait d'entendre le déclic qui sonnait la fin d'une information boomerang venue d'un autre âge. Il était sûr désormais qu'Anna était vivante et qu'il allait apprendre la vérité.

— Qui est-ce, père ? demanda Pablito.

— La gendarmerie du Havre qui...

Arsène n'eut pas le temps de finir sa phrase que son portable sonna de nouveau.

— Allô ! Monsieur Lévi-Cortès, j'ai oublié de vous dire que votre Bentley a été retrouvée sur le débarcadère du port du Havre. Elle vous attend devant la porte du commissariat central. Les clefs de contact sont sur le tableau de bord. Vous n'aurez même pas besoin d'entrer dans le bâtiment administratif pour récupérer votre véhicule. Bonne nuit.

Arsène venait de prendre sa décision :

— Pablito, nous descendons à la réception, nous réglons nos frais d'hôtel au concierge et nous demandons un taxi.

— Un taxi ? Où allons-nous ?
— Au Havre.
— Pourquoi, au Havre ?
— J'ai l'espoir de retrouver ta mère.
— Elle n'est pas morte ?...
— Non... Je ne le crois pas.
— C'est pour cela que tu voulais venir au Havre !... Pourquoi n'as-tu pas dit la vérité, tout de suite ?
— J'avais peur... Tu es si jeune...
— C'est toi qui as inventé ce télégramme ?...
Je n'ai pas répondu.

Kwong Ling proposa sa voiture pour éviter à ses amis de payer le prix exorbitant d'un taxi pour une si longue course mais surtout, pour empêcher la présence d'un quidam qui aurait été mêlé à la recherche de la mère de son jeune ami dont il appréhendait une blessure inutile. Pablito et l'homme aux clefs d'or avaient beaucoup parlé, s'étaient confié leur destinée, leurs frustrations et le chaînon manquant : la mère. Evaporée dans le temps pour l'un, noyée pour l'autre, dans des turbulences de boat people.

Pendant que Kwong Ling allait chercher sa voiture dans le parking souterrain de l'hôtel « Normandy », Arsène était monté dans sa suite pour rassembler quelques affaires personnelles à l'intérieur des penderies. Après avoir raflé au passage vêtements, chemises, linges et chaussures de Pablito dans son appartement sur le même palier, il vérifia que rien n'était oublié ni dans les tiroirs ni dans la salle de bains. Alors, calmement il redescendit dans le hall où il croisa James Clinton-Brown et Hadj Mamadou Fitzgerald, bras dessus bras dessous, qui s'engouffraient dans la Rolls-Royce de Mme veuve Livingstone. Kwong Ling venait d'ouvrir le coffre arrière de sa Peugeot 607 pour y enfourner les bagages de ses amis. Il s'installa au volant après avoir accompagné Arsène et Pablito à l'intérieur de sa voiture sous la protection d'un immense parapluie qui ployait sous la neige.

***

Au moment où la voiture de Kwong Ling allait démarrer, Arsène aperçut dans le rétroviseur latéral un Léonberg fièrement assis sur son céans, buste droit et regard digne qui semblait leur dire son mépris d'une lâcheté qui l'abandonnait ainsi devant l'hôtel « Normandy », sans un dollar en poche, sachant qu'il lui faudrait aller mendier sa pitance dans les cuisines du room-service. Léon grelottait sous la neige mais restait de marbre. Sans tousser ni même éternuer pour attendrir les fuyards.

— Il faut le prendre avec nous, père !

— Si tu veux mais il ne faudra pas beaucoup compter sur lui pour faire la conversation pendant le voyage. Il ne parle plus, il aboie !...

La métamorphose du Léonberg ne découragea pas le jeune homme. Kwong Ling fit une marche arrière puis, sur un signe de Pablito, le molosse aux poils roux bondit sur la banquette arrière où il trouva immédiatement sa place.

— Merci Pablito, dit-il.

— Vous voyez, père, Léon parle de nouveau.

Avec une imperturbable mauvaise foi, Arsène se contenta de répondre :

— N'en profitez quand même pas pour vous raconter votre vie pendant le voyage...

— Ne craignez rien, monsieur, répliqua le Léonberg qui savourait sa victoire avec retenue.

***

Une heure plus tard, la Peugeot 607 de Kwong Ling stoppa devant le commissariat central du Havre, rue Saint-Guénégaud. Au bas des marches du bâtiment, les attendait un officier de police de petite taille. Le nain ôta son Borsalino qui le protégeait de la neige :

— Bonjour messieurs, je me présente : lieutenant Julien de Ponssu. Entrez, je vous prie.

***

Kwong Ling tremblait de rage à l'idée de retrouver le commissaire de Langeron à qui il se promettait de régler son compte en hurlant à la face de ses collaborateurs la vérité sur la personnalité de leur patron : corruption, droit de cuissage, abus de pouvoir... Malheureusement, à cette heure de la nuit, le chef n'était pas là et le commissariat somnolait quasiment désert. Mais la déception du Chinois de Shanghai fut vite reléguée lorsqu'il aperçut le visage de Pablito, détresse et stupéfaction.

Paul venait de découvrir Laetitia derrière les barreaux de la cellule de garde à vue. Arsène assistait à la scène. Quelle allait être la réaction de son enfant ? Le gamin interrogea le lieutenant de Ponssu :

— Comment se fait-il que Laetitia soit seule en cellule ? L'autre dame n'est pas avec elle ?

— Si... Enfin... elles étaient là toutes les deux à leur arrivée mais impossible de les isoler, elles se sont étripées à coups de poing, de pied, d'injures, elles s'accusaient mutuellement d'avoir assassiné Marcus Livingstone. Hurlements ininterrompus, une foire d'empoigne ahurissante, rien ne parvenait à les calmer ni à les séparer. Même les fliquettes les plus robustes, Yourcenar et de Staël, échouèrent dans leur intervention. Le commissaire Moshe de Langeron, lui, se régalait. Il serait resté devant ce spectacle pendant des heures mais le métier reprit le dessus et il décida d'interroger isolément Mme veuve Livingstone avant de la faire conduire à l'infirmerie du dépôt Elle avait le visage en sang, plusieurs côtes cassées ou luxées, mais elle ne cessait pas de vociférer son innocence et d'accabler cette « pouffiasse de strip-teaseuse de merde »... *(C'est Mme Livingstone qui parle bien évidemment, précisa le nain.)* L'autre pauvre fille là dans la cage était en manque de coke, elle hurlait, suppliait qu'on la charge un peu, promettant tout ce qu'on voudrait au commissaire de Langeron. Tout y passait, fellation, coups, elle était prête à tout. Le flic évidemment se serait bien laissé aller mais il appréhendait qu'on interprétât comme une bavure les coups suppliés par cette détenue hystérique.

Pablito voulait se précipiter vers Laetitia, lui dire sa compassion, son amour intact mais Kwong Ling le saisit par la manche et arrêta ce mouvement du cœur que la strip-teaseuse accro n'était plus en mesure d'entendre tant elle était dans les vapes.

— Laisse ! Pablito... dit le Chinois.

— Votre ami a raison, renchérit le lieutenant de Ponssu. Il faut la laisser cuver... Demain elle ira mieux.

Kwong Ling aurait souhaité vociférer son réquisitoire contre Moshe Benhaïm en prenant à témoin Yourcenar et de Staël mais Arsène stoppa le Chinois :

— Vous perdrez votre temps, monsieur Kwong Ling !... Si vous insistez ce sont vos deux sœurs, et vous et vos deux oncles qui allez reprendre le bateau, destination Shanghai ! Entre votre parole et celle d'un haut fonctionnaire de l'Etat, y aura pas photo ! Croyez-moi, stop !

Le Chinois abandonna sa diatribe avortée, la sagesse orientale venait de garrotter sa haine et sa révolte.

— Bien ! Maintenant messieurs, ponctua le nain, si vous voulez bien me suivre dans le bureau du commissaire divisionnaire, vous aurez une heureuse surprise.

Deux heures plus tard, Arsène était encore assis dans le fauteuil de Marc-Antoine de Langeron à consulter tous les témoignages et attendus d'huissier qui racontaient l'étrange histoire d'Anna Lévi-Cortès et son périple insensé qui l'avait menée dans cette bonne ville du Havre.

Chapitre XVI

Arsène était estourbi par ce qu'il lisait, la précision chronologique et la méticulosité des déclarations consignées. Au milieu d'un fatras d'informations fantaisistes, deux pistes revenaient régulièrement pour cerner l'itinéraire et l'errance d'Anna. En premier lieu, le camionneur Jean Maupras qui avait embarqué sur l'autoroute une jeune Colombienne de 19 ans, ensuite et surtout un SDF Ludovic Bavoilot qui l'avait détroussée alors qu'elle mendiait, jambes écartées au pied de la cathédrale Sainte-Clotilde. « Elle avait laissé son sac à main à côté d'elle, les bijoux et l'argent en évidence », était-il inscrit dans la main courante du 19 avril 1992.

« — J'ai pris le sac et je me suis sauvé, c'est tout.

« — Où as-tu mis le corps ?

« — Quel corps ? Je ne l'ai pas tuée, je ne l'ai pas violée !

« — Tu vas arrêter de nous dire des conneries, oui ! Quand on est allé avec toi devant le porche de l'église Sainte-Clotilde, il n'y avait personne ! Elle s'est envolée ?

« — Elle n'aurait pas pu s'envoler, tout son corps était bloqué, le bras qui tenait la sébile raidi dans une position d'immobilité de pierre. Elle ressemblait à une statue ! Une allégorie de la pauvreté... De temps en temps, les paupières bougeaient mais elle n'avait rien de vivant. »

***

Arsène s'étonna de constater que cet interrogatoire du 19 avril 1992 s'interrompait de manière si abrupte...

— Et... les déclarations de ce SDF vous ont suffi pour le relâcher ?

— Ben oui... que voulez-vous que nous fassions ? répondit le lieutenant de Ponssu qui s'la jouait énigmatique.

Arsène remarqua qu'une page de la main courante avait été arrachée :

— Qu'est-ce qu'il y avait dans cette page ?... Où est-elle ?

— Quoi ? La page ou Anna ?

— Les deux sont liées, ne finassez pas... C'est évident.

— C'est logique...

— Alors si c'est logique, tu as intérêt à parler ou je vais te raccourcir d'une tête.

Le nain ne manquait pas d'humour :

— Songez à ma petite taille... Si vous mettez votre menace à exécution, il ne restera plus grand-chose de moi...

Arsène prit note que l'officier de police proposait une atmosphère plus avenante. M. de Ponssu offrit un début d'information :

— Lorsque j'ai relâché Ludovic Bavoilot, aux premières heures du jour, il a fini par m'avouer qu'un car du SAMU avait embarqué sa... « statue de la mendicité » pour la conduire à l'hôpital psychiatrique des « Chartreuses ».

— Et... elle y est toujours ?

— Oui.

— Après dix ans !

— Oui.

— Comment oui ?... *(Arsène était sidéré.)* Vous n'avez pas eu l'idée de fouiller son sac, ses papiers d'identité... alerter son ambassade...

— Moi oui, mais le commissaire voulait attendre, détenir toutes les informations pour...

— Pour... quoi ?

Arsène regarda Kwong Ling. Les deux hommes avaient compris. Arsène insista :

— Pour faire quoi ? Les vendre ? Chantage à la famille de la disparue ? Simulation de kidnapping ? Rançon, découverte miraculeuse de la victime... C'est ça ?

— Oh ! vous savez...

Le nain s'assit sur le divan du bureau du divisionnaire, avec une nonchalance épuisée.

— Le commissaire Moshe Benhaïm est un génie, mais c'est surtout un jouisseur sans morale, terrifiant... On n'entre pas dans sa planète impunément, il faut l'aimer, le suivre et ramasser quelques petites culottes qui traînent... N'est-ce pas, monsieur Kwong Ling ?... Au fait, nous n'avons plus de nouvelles de vos deux sœurs ? Vont-elles bien ?

— Vous devez le savoir puisqu'elles sont astreintes à se présenter chaque semaine dans le bureau du commissaire. Ensemble... Et habillées de la même façon...

— Chacun a ses perversités...

Arsène n'était pas tenté de commenter ce genre d'appréciation, il y avait urgence !

— Monsieur le lieutenant de police, je vous somme de me conduire à l'hôpital psychiatrique des « Chartreuses » !

— Vous n'avez pas besoin de me « sommer » comme vous dites, je le fais très volontiers, répondit le nain dont le sourire promettait des tombereaux de révélations.

Puis, savourant l'étonnement d'Arsène, il précisa :

— Je vais vous y mener mais... *(n'y tenant plus il ajouta, gamin :)*... à une condition, je voudrais conduire moi-même la Bentley. Je ne suis jamais monté dans une Bentley...

— Qu'à cela ne tienne, partons !

L'ordre n'appelant aucun correctif, tout le monde s'engouffra dans la limousine anglaise à l'exception de Pablito qui restait planté, face au spectacle de Laetitia, affalée sur l'un des bancs de la cellule de garde à vue. Il était pétrifié, incapable d'amorcer un mouvement de sortie. Il regardait cette pauvre chose, déchet alangui, effondrée sur une dalle de ciment, encagée derrière des barreaux de fonte, indifférents à cette détresse sans relief.

— Eh bien, Pablito ?... On t'attend !

Arsène ne supportait plus de traînasser.

— Tu ne vas pas rester planté là !... Pablito, je te parle !... Alors tu te décides ?

Arsène avait eu tort de poser cette question. Pablito préférait cent fois rester en contemplation devant l'épave de Laetitia plutôt que d'aller au-devant d'une mère dont il ignorait tout et dont l'absence n'avait même plus l'attrait du mystère.

Kwong Ling approcha timidement :

— Viens, dit-il, tu auras tout le temps de revoir Laetitia... Tu la retrouveras demain matin, dans la même position...

Pablito suivit le petit Chinois de Shanghai. Kwong Ling ouvrit la porte arrière de la Bentley et lui désigna Léon doux regard :

— Il t'attendait.

— On démarre ! dit Arsène, pressé de déclencher l'expédition.

La Bentley roula dans les rues du Havre enneigé. On avait placé un gros coussin sous les fesses de Julien de Ponssu. Le nain, buste droit, fier comme Artaban, conduisait, le regard sur la ligne bleue des Vosges... qui, comme chacun sait, ne se trouvent pas en Normandie.

— Où allons-nous ? demanda une voix enrouée...

C'était Pablito qui interrogeait.

— Nous allons à l'hôpital psychiatrique des « Chartreuses », confirma le policier.

— C'est loin ? demanda Léon.

— A Saint-Julien l'Ecclésiaste, quinze kilomètres.

Pour éviter toute question stupide, Kwong Ling informa le lieutenant de police :

— Oui, monsieur de Ponssu, c'est un chien qui parle, il faudra vous y habituer...

Le pilote n'en demandait pas tant, il vivait un rêve au volant de sa Bentley.

⁂

Le jour se leva, ciel rose tendre rayé de nuages bleus effilochés. Une féerie. Le Léonberg fut le seul à signaler le bonheur avant qu'il ne devienne souvenir :

— C'est merveilleux !... *(Puis craignant l'anémie de l'épithète, il ajouta :)* C'est majestueux !

Léon sentit que tout le monde était payé, il posa sa patte sur l'épaule du nain :

— Alors, bébé ?... Heureux ?... Suce ton rêve, tu vivras mieux la fin du monde.

Kwong Ling et Pablito souriaient, ils aimaient beaucoup les aphorismes périphériques du chien roux qui parlait yiddish. Léon insista :

— Vous croyez à la fin du monde, monsieur le policier ?

— La fin du monde, c'est tous les jours. Et si vous ne le savez pas...

— Ça suffit ! ordonna Arsène, inondé par l'angoisse et l'émotion de retrouver Anna...

Dix ans d'absence...

⁂

La Bentley freina avant d'emprunter un chemin au bout duquel apparut l'Abbaye des « Chartreuses ». Le monument du Moyen Age abritait la folie de tant de siècles...

La cloche du donjon se mit à sonner sept fois. Elle annonçait le début du travail.

— Allez, les gonzesses, au boulot ! lança Julien de Ponssu en voyant sortir les nonnes et les infirmiers.

En tête de ses collègues, une naine grassouillette donnait de la voix. Julien reconnut sa sœur :

— Charlotte ! Viens nous voir, on a besoin de toi !

Le lieutenant de police sauta de son siège de conducteur, faillit tomber, ramassa son coussin et le balança sur la banquette arrière comme s'il voulait dissimuler son dentier. Léon, toujours cruel, maugréa :

— C'est pas ça qui te fera prendre un centimètre...

Arsène apostropha le lieutenant de police :

— Monsieur de Ponssu ! Dites à votre sœur que je souhaiterais voir le directeur de l'hôpital. C'est urgent.

Charlotte avait entendu.

— Rien de plus simple, monsieur Lévi-Cortès, suivez-moi.

Arsène, Pablito, Léon et Kwong Ling marchaient derrière Charlotte qui les introduisit dans le hall de l'Abbaye. Pièce immense aux voûtes gothiques, la salle d'attente impressionna les visiteurs parmi lesquels Kwong Ling se signait devant chaque crucifix entr'aperçu. Il avait été baptisé par le Père Moralès lorsque le territoire chinois de Hong-Kong était encore sous contrôle portugais. Il devait tout à ce bon Père, son éducation, sa subsistance et jusqu'à son passage en clandestin, lui et sa famille, privilégiés parmi les premiers boat-people à fuir le chaos communiste.

***

Quelques minutes plus tard et alors que le jeune catholique aux yeux bridés inspectait tant de beauté christique, Charlotte arriva, en compagnie d'un géant flamand, blond, teint couperosé par des hectolitres de bière belge et souvent même... danoise. Il salua l'assistance :

— Je me présente : Professeur Mattias Lherminier, directeur de cette clinique psychiatrique que la rumeur laïque persiste à désigner comme hôpital psychiatrique. Or donc, cette précision sémantique et confessionnelle – sans grande importance, d'ailleurs – étant évacuée, que me vaut votre expédition? Et si je dis expédition c'est que je vois bien, à vos gueules, que vous ne venez pas visiter.

Mattias Lherminier était facilement grossier dès son premier tonneau de bière avalé, ce qui fit dire à Charlotte de Ponssu :

— Il faut l'excuser ! M. le Directeur n'a pas dessoûlé de la nuit. Il recevait en séminaire une délégation de prêtres coréens qui n'avaient jamais goûté à nos produits.

Mattias Lherminier examinait ce groupe de visiteurs à la composition imprécise. Il avait en face de lui, un sculpteur de renommée internationale, un nain, un chinetoque et un gamin flanqué d'un Léonberg qui parlait le français. Le chien roux avait trouvé intelligent de se présenter au directeur de la clinique psychiatrique pour le prévenir qu'il était prêt à intervenir au cas où on souhaiterait l'entendre...

⁂

Arsène avait pris à part M. Lherminier :

— Mon nom est Lévi-Cortès.

— Je sais, votre réputation est parvenue jusqu'à nous.

Le directeur ne répugnait pas à employer des formules toutes faites. Il persévéra sans plus d'exigence :

— Que puis-je faire pour vous être agréable ?

— Ma femme est soignée dans votre établissement, je voudrais la voir.

— Le secret professionnel m'interdit de vous confirmer la présence d'une patiente.

— Le secret professionnel mais pas un chèque de 15 000 euros ?... Et ce, d'autant que je suis son mari légal depuis douze années, ce qui...

— Dans ce cas, soupira gourmand le directeur, je pourrais accepter les 15 000 euros que bien évidemment je verserai aux bonnes œuvres des « Chartreuses ».

— Je suis sûr que vous en ferez le meilleur usage.

— Suivez-moi, monsieur. Votre dame est dans sa chambre, vous y serez tout à fait à l'aise pour vos retrouvailles.

Avant de rejoindre Anna qu'il craignait de rencontrer dans des conditions aussi brusques, Arsène estima qu'il était préférable que Pablito ne vît pas sa mère sans précaution.

***

Pablito n'avait pas opposé de grande résistance. Il verrait Anna dans quelques heures, après que son père lui eut ménagé les abords. La rencontre maternelle ne le perturbait pas. Son esprit était ailleurs, près de Laetitia épandue dans une cellule de garde à vue. S'était-elle réveillée ? L'avait-elle remarqué lors de son arrivée au commissariat central ? Qu'allait-elle devenir ? La reverrait-il un jour ? Autant de questions, stylets enfoncés dans son cœur. Kwong Ling prit Pablito par le bras, l'entraîna dans la cour. Léon suivait et comme il n'arrivait pas à expulser son mal-être, il pissa contre les vieilles pierres de la façade.

***

Au premier étage de l'Abbaye, Mattias Lherminier marchait devant Arsène, cicérone volubile commentant chaque cellule du couloir Bernadette Soubirous. Chaque couloir portait une plaque pour l'identifier. Arsène et le directeur avaient déjà traversé les couloirs Sainte-Thérèse de Lisieux, le couloir Sainte-Beuve, le couloir Sainte-Catherine réservé – précisa le directeur – aux malheureuses qui allaient fêter leurs 25 ans dans l'année... Une dizaine de portes donnait dans chaque corridor portant chacune une inscription qui mentionnait le nom de la locataire et celui du médecin traitant.

— Nous avons de tout, dit M. Lherminier, paranoïa, schizophrénie, manies en tous genres, peur du feu, de l'eau, des moustiques, fixations, anorexie, hystérie, bref... Mais nous aimons toutes nos filles. Nous les appelons les « Fleurs de Dieu ».

⁂

A la hauteur de la chambre E 7 Mattias Lherminier s'arrêta, posa sa main sur l'épaule d'Arsène.

— Nous sommes arrivés, monsieur Lévi-Cortès. Ouvrez la porte, votre femme est là... Une seule recommandation : si elle est dans une posture n'essayez pas de la faire bouger, parlez-lui avec tendresse et amour. C'est le seul langage qui lui parvienne, la seule communication possible.

Arsène s'apprêtait à entrer dans la chambre, le directeur le retint encore un instant :

— Il faudra être courageux. Anna est un cas assez rare, unique même, à ma connaissance.

— C'est-à-dire ?...

— Chaque fois qu'elle a la sensation que l'un de ses gestes est harmonieux, elle le bloque, s'immobilise et attend. Si quelqu'un la bouscule par inadvertance et modifie son maintien, elle entre dans des fureurs noires, des crises de démence agressive, hurlante qui durent jusqu'à l'épuisement. On peut alors la transporter ou la traîner dans sa cellule.

— Je saurai lui parler.

— Vous me raconterez, cela m'aidera, le cas est passionnant.

Le professeur Mattias Lherminier avait épuisé son stock de gravité, il s'en alla attaquer son premier tonneau de bière de la matinée.

***

Arsène n'a pas voulu laisser s'installer l'émotion, il ouvrit la porte.

— Bonjour Anna, dit-il, sûr que la surprise serait le meilleur sésame pour percuter la vérité.

Toutes les précautions voleraient en éclats, les approches balayées feuilles mortes. Ils se sont regardés. Lui s'est assis sur la chaise. Elle était alanguie sur le châlit dans une pose de porteuse d'eau de Géricault. Anna souleva légèrement sa jupe pour découvrir sa cuisse puis s'immobilisa. Son port de tête, raidi pour en maintenir la grâce, détournait son regard qui l'abandonnait lascive en communion avec la beauté du parc. A l'évidence, une provocation... Arsène ne chercha pas à quémander un regard qui l'eût obligée à bouger... Dans le fond, il était heureux d'être assuré d'un moment de silence partagé, un répit qui lui permettait de l'observer. Simplement. Ils venaient d'accepter un pacte tacite après quoi, parlerait qui voudrait. Arsène comprit que la méthode « a contrario » était la seule espérance :

— Ne bouge pas ! dit-il. Anna, tu es magnifique. Ne bouge pas !

Dans un réflexe brusque, attendu... Anna se retourna :

— Tu ne veux pas me sculpter, j'espère ?

La violence du ton était terrifiante.

— Non. Te voir suffit à mon bonheur. Je n'ai pas besoin de trace. La mémoire est le plus beau des musées.

— Toujours le goût des formules... Tu es vraiment un artiste intello de merde ! Qu'est-ce que tu regardes ? Mes beaux cheveux noirs ?... Eh oui, il y a des fils blancs... Normal après tant d'années...

— Ils sont beaux.

— Tu ne veux pas les sculpter ?!... Si tu les regardes encore en disant qu'ils sont beaux, je me fais tondre ! Tondre, tu entends ?...

Elle se leva d'un bond et frappa à la porte de sa cellule :

— Horace ! Elle hurlait : Horace ! *(Puis Anna expliqua avec bienveillance :)* Oui, Horace est l'infirmier préposé à la tonte de toutes nos folles qui passent leurs jours et leurs nuits à se gratter la tête pour capturer leurs poux imaginaires, détecter leurs lentes, épousseter leurs pellicules. Infatigables...

Anna était apaisée, elle revint s'asseoir sur le bord de son châlit. On sentait qu'elle était heureuse de raconter la vie d'Horace :

— Avant d'être admis ici comme malade puis aide-soignant, Horace était un grand coiffeur parisien. Il conserve encore dans sa cantine en métal tous les reportages des magazines « people ». C'était une star. Si tu veux, je peux lui demander de te montrer les articles, les photos de vedettes internationales béates sous les ciseaux d'Horace... *(Elle insista :)* Tu veux que je le lui demande ?

— Non, ça va... Ce n'est pas la peine.

— On l'appelait le sculpteur des stars...

— Et ce surnom ne t'a pas fait peur ?

— Je ne l'ai jamais laissé toucher à un de mes cheveux.

— Je pense que tu as bien fait...

Arsène était prêt à tous les apaisements. On frappa à la porte. Anna lança, à la cantonade, d'une voix de contralto caricaturale :

— Laissez, Horace !... Je prendrai un autre rendez-vous.

Que cherchait-elle, cette Anna qu'Arsène retrouvait intacte ? A vingt-huit ans, elle avait toujours cette beauté tendre et féroce que donnent la supériorité du charme et l'empirique séduction. Anna comprit, décida d'enfoncer l'épée :

— Qu'est-ce que tu veux, Arsène ? Qu'on revienne à nos amours naissantes ? Tu veux avoir vingt-cinq ans avec, en prime, l'expérience de la souffrance et du remords ? Tu veux que j'aie seize ans et l'émerveillement intact de l'adolescence ? Tu veux qu'on essaye ?... Tu veux qu'on fasse l'amour comme avant, là tout de suite sur ce châlit pour vérifier ?

Arsène était pétrifié par tant de vérité invulnérable.

— Tu me trouves cruelle ?

— Non, Anna... Oui, Anna... Et toi... est-ce que tu te trouves cruelle ?

— Juste.

— C'est peu. Ce n'est rien. *(Arsène hésita :)* Tu sais... je ne sculpte plus. J'ai tout bazardé. Je vends, je fais des conférences... J'ai renoncé.

— A cause de moi ?

— A cause de moi. Et pourtant je n'ai pas de regrets, j'ai laissé une œuvre de fou, une collection d'éclats, de cris, d'appels, de chants... d'amour fusillé. J'ai laissé mon atelier dans l'état où il était quand tu es partie. Toutes les statues de toi, tous les morceaux de toi gisent en désordre. Tous ces corps démembrés, éparpillés, « détails » parcellisés, en vrac, à l'abandon... Un champ de bataille... Le désastre d'une folie... Pardon... Pardon, Anna.

Elle écoutait, croisa ses jambes. Un rêve. Il fut bouleversé, ne dit rien. Elle apprécia qu'il eût avalé son émotion :

— Je te remercie.

— Tu avais peur que je dise « Ne bouge pas ! » ?

— Non. Je sais que tu es sincère. Mais on n'efface pas le temps ! Je suis fatiguée... J'ai vingt-huit ans et je sais que je n'ai plus la force de recommencer... J'ai tort car je n'ai même pas à choisir. Ce n'est pas ça ou ça... L'asile de fou, l'hôpital psychiatrique appelle ça comme tu voudras ou remonter à pied les neuf étages de notre chambre de bonne du boulevard Malesherbes ?...

Ils attendaient... Un bruit, un aboiement, une mouche qui traverserait la pièce... Arsène toussa :

— Je ne vais pas te faire le chantage à Pablito...

— Ne le fais pas.

— Tu ne veux pas le voir ?

— Si, bien sûr. Mais pas tout de suite... *(Elle le regardait avec une tendresse lointaine.)* Vous êtes heureux tous les deux ?

— Oui...

— Qu'est-ce que je viendrais faire au milieu ?...

— Une nouvelle vie, c'est une aventure un enfant...

— Tu es incorrigible, tu ne peux pas t'empêcher de faire du chantage... Tu as donc tellement envie de me reprendre ?

— Oui... je crois.

— Tu crois, seulement... Tu n'es pas sûr ?

— Si. Je voudrais... Si tu acceptais d'entrer dans ma convalescence, ma nudité...

— Ta convalescence ?... Et toi tu serais capable d'entrer dans ma folie ?

— Tu n'es pas folle... Est fou qui veut.

— Oui mais n'est plus fou, qui veut.

— Qu'en sais-tu ? *(Anna était déconcertée, Arsène enfonça :)* Sois honnête ! Est-ce que tu ne veux plus de ta folie ? Est-ce que tu voudrais vraiment que la folie te quitte ? S'éloigne ? Disparaisse ? *(Anna se taisait.)* Tu es sûre que tu ne préfères pas rester installée dans ce cocon d'isolement pathétique qui te protège ?... Un secours... Un recours, peut-être ?... Mais les années passent, Anna, et tu deviendras folle.

— Les années ont passé.

— Je ne veux pas te reprendre, Anna... Je veux te rendre... à toi-même. Tu le mérites... Tu le peux... Tu le dois.

— Appelle Pablito !... Je vais le voir. Je veux le voir...

— Tu n'as pas peur ?

— Qu'importe. Je veux le voir parce qu'il est innocent. Et l'innocence, je connais.

— Je vais aller le chercher.

— Avant d'y aller, il faut que tu entendes la vérité, il faut cesser de rêver.

— C'est tout ce qui me reste.

— C'est peu. C'est trop. *(Anna hésita puis proposa, inattendue :)* Veux-tu que je te propose une journée de rêve ?... Tu vivras l'enfer. Une journée de cauchemar. Tiens... on va essayer, je vais te la décrire et ensuite tu la vivras, avec moi... si tu veux. Mais j'en doute. On commence ?... Tu es prêt ?

Et sans attendre, Anna offrit le menu :

— Pour commencer je prends un bain, je me décrasse, je lave mes cheveux, shampooing, séchoir – on a ce qu'il faut chez Horace – je me maquille, je passe un grand manteau sur mes hardes ébouillantées, aseptisées. Je remets mes chaussures à talons, je suis splendide, ma démarche est toujours aussi majestueuse, j'ai demandé la permission au directeur. Accordée... Nous descendons en ville en Bentley. Tu as une Bentley, je crois ?...

— Oui.

— Voilà... Nous sommes dans le meilleur restaurant de la ville, face-à-face. Comme nous deux, en ce moment dans cette cellule. Alors qu'est-ce que nous faisons maintenant dans ce restaurant ?... Tu ne sais pas ? Qui va parler le premier ? Toi ? Moi ? A mon avis, ce sera toi... Après quelques hésitations... tu auras commandé le vin – un bon vin – que l'on dégustera en apéritif... Tu feras sûrement un commentaire sur la qualité du vin puis... Puis c'est moi qui viendrais à ton secours : « Tu veux le menu ou la carte ? Le menu me semble excellent... »

Et comme tu t'en fous autant que moi, tu diras :

— Va pour le menu.

— Et en attendant qu'on nous serve, il faudra bien avoir un peu d'audace... Or comme pour l'audace je suis plus douée, c'est moi qui attaquerais : « Tu es heureux d'être ici, en face de moi, en tête-à-tête ? » Evidemment j'imagine que Pablito ne sera pas avec nous... Qu'est-ce que nous faisons ici dans ce restaurant en train de sectionner ces huîtres avant de les avaler machinalement ?... On espère que peut-être le temps et le vin déclencheront un début d'imagination ?... Et puis, non malheureusement... au troisième belon... on s'aperçoit que rien ne passe, rien ne vient... Alors c'est encore moi qui parle. « Mon pauvre Arsène, rien n'efface le mal ! Rien n'efface le temps ! » C'est banal, c'est atroce, c'est ce que tu veux mais tu vois bien qu'il n'y a plus que deux pantins autour d'une table qui font semblant de mastiquer des huîtres parce qu'ils sont incapables de pleurer leur anéantissement.

— Alors c'est fini ?...

— Pas tout à fait. En face du restaurant il y a l'hôtel « Neptune ». On va traverser la rue, on va prendre une chambre et on montera faire l'amour. On part tout de suite ? Banco !... Décor : nous sommes dans la chambre, je me suis approchée de toi, j'ai passé mes bras autour de ton cou, j'ai fait le plus langoureux possible : « Embrasse-moi... Sur la bouche. » Tu auras peur... Je t'embrasse sur la bouche. Tout ton corps s'est mis à trembler. Je me suis déshabillée et lovée nue dans les draps puis je les ai soulevés et je t'ai dit : « Tu viens, mon amour ? » Tu t'enfuis en courant, tu as compris que la vie vient d'avorter. Tu entres dans un café, tu commandes un double cognac, tu le bois et tu te mets à pleurer. La vérité vient de te flinguer à bout portant. Voilà ! Le scénario t'a plu ? Tu en vois un autre ?

— Non.

***

A l'intérieur de la chambre E7 de la clinique des « Chartreuses », Arsène et Anna étaient assis en vis-à-vis, elle sur son châlit, lui sur une chaise. Il venait d'entendre le récit d'une scène programmée dont il acceptait l'irréductible achèvement.

Je ne sais pas pourquoi j'ai songé à un mot de Cioran : « En guise de condoléances, il n'y a que les banalités qui ne soient pas indécentes. » Anna m'avait entendu. Elle m'a pris les mains :

— En France, vous avez un adage populaire qui dit : « Après la pluie vient le beau temps »... Chez nous, en Amérique du Sud, on dit à peu près la même chose : « Après l'hiver, vient le printemps... »

— C'est joli, aussi.

Anna s'est levée, elle a pris son sac à main dans l'armoire murale.

— Je vais rentrer chez moi, en Colombie. Il n'y aura pas de problème avec le professeur Lherminier. Trop content de récupérer un lit...

— Et un chèque de 15 000 euros.

— Pardon ?

— Rien. Tout se passera bien.

— Va chercher Pablito... Je veux le voir, seule.

— Tu as raison... Nous nous reverrons ?

— Si tu veux. *(Elle ajouta pour m'apaiser :)* N'oublie pas... Après l'hiver, vient le printemps.

— Non, Anna... Après l'hiver il n'y a plus rien... Le printemps c'est pour les autres.

Chapitre XVII

La rencontre entre Pablito et sa mère fut lapidaire. Quinze minutes avaient suffi. Il était sorti de la chambre E 7, et m'avait rejoint dans la cour.

— Nous nous sommes mis d'accord, dit-il. J'irai voir ma mère chaque année pendant les grandes vacances. Elle m'aime.

Rien d'autre. Pablito n'a pas ajouté un mot... Tout le monde comprit que la boucle était bouclée et la Bentley a pris le chemin de la gare du Havre.

— J'ai décidé d'offrir la Bentley à Anna, dit Arsène. M. de Ponssu aura le plaisir de la ramener jusqu'à l'Abbaye des « Chartreuses ».

***

Sur le quai de la gare, les trois sœurs de Kwong Ling dont la plus jeune, Lùla N'Guyen, attendaient. Au moment de la séparation Pablito embrassa tout le monde sur les joues mais lorsqu'il se trouva face aux yeux verts de Lùla... il posa ses lèvres sur son front :

— Un jour, je t'épouserai.

— Quand ?

— L'année prochaine, si tu veux.

— Je veux.

Arsène souriait devant cette scène qui lui rappelait « Les amants puérils » de Crommelynck. Léon aboya. Tout le monde comprit que l'union était scellée.

— Je peux partir avec eux à Paris ?

Kwong Ling avait l'habitude de l'errance.

— Qu'en pensez-vous, monsieur Lévi-Cortès ?

— Je suis pour. Et toi, Pablito ?

— Je suis d'accord... Heureux.

— Vous nous la renverrez, Arsène ?

— A une condition... Vous viendrez la chercher. Nous aurons le bonheur de vous faire connaître Paris.

Le train démarra.

⁂

Arsène ne s'accommodait pas de la relation bâclée entre Pablito et Anna. Il voulait creuser, obtenir quelque confession, lisser quelques filaments d'émotion... Impossible que la rencontre se soit soldée par deux phrases. L'insistance d'Arsène faisait peine à voir. Vide, creux son cœur battait mol, incertain. Il pouvait s'arrêter, le voudrait peut-être ? Pablito refusait la panne, l'accident. Son père ne pouvait pas mourir.

C'eût été la fin du monde. Lùla N'Guyen l'avait senti et se colla contre Pablito jusqu'à s'y encastrer. Elle avait déjà compris, à dix ans, qu'il aurait besoin d'elle. Sa destinée était en marche. Lùla embrassa les mains de son « fiancé » qui ne réalisait pas qu'on était en train de le ligoter. Fragile mandarin, il souriait, ignorant que l'attendrissement était désormais son poison.

Le train roulait, silence. Pablito regarda son père, il ne put s'empêcher de penser à leur premier voyage dans ce même train qui s'en allait chercher Gustav. Ils s'en revenaient mais le retour était alourdi de péripéties fantasmatiques. Huit jours à peine s'étaient écoulés... Mais quel tohu-bohu les avait ensevelis... Meurtres, coup de foudre, larmes, personnages inimaginables il y a à peine une semaine... Pablito voyait défiler Sarah Livingstone, Laetitia encagée dans sa cellule de garde à vue, Luigi Zamora, Mma Angelica, James Clinton-Brown et ses caniches,

Kwong Ling, Léon, Ashot Arakélian, Hadj Mamadou O'Fitzgerald sans oublier, bien sûr, ce Gustav omniprésent, omnipotent. Pablito sentit son cœur battre un peu plus fort lorsqu'il se remémora sa mère. Il avait beau avoir eu avec elle un contact fade et fugace, il n'en demeurait pas moins interdit, projeté dans un avenir auquel il savait qu'il n'échapperait pas. Même si les vacances scolaires à Bogota étaient imprécises ou improbables, il était sûr qu'il reverrait Anna, la connaîtrait mieux, finirait par l'aimer. Cette certitude ne lui déplaisait pas... Il regarda son père aux pieds duquel Léon ronronnait. Arsène voyait défiler à travers la vitre du wagon un tapis entêtant de verts pâturages. A quoi pensait-il ? Une quinzaine de vaches beiges se déplaçait maussade et indécise. Espérait-il que Frileuse viendrait donner un dernier coup de corne contre la paroi de ce TGV s'enfuyant comme un voleur vers ce Paris qui s'apprêtait à les absorber, gueule ouverte ? Pablito caressa les cheveux de Lùla N'Guyen. Qu'est-ce qu'elle faisait là, cette petite Chinoise de Shanghai rescapée d'un exode de boat-people, serrée contre lui, figée en béatitude ?

***

– A quoi penses-tu, Arsène ?

Pablito s'était décidé à parler. Il ne pouvait pas imaginer, encore moins accepter, que le voyage du retour se déroulât dans le silence, fût-il de bon aloi, d'élégance et respect.

— Je ne pense pas, dit Arsène. Je pleure le vide et le mépris de mon apathie.

— Tu ne croyais pas reprendre Anna ?... Tu ne nous imaginais pas ensemble en vacances, passant une semaine au « Club Med » ?...

— Tu es dur.

— Qu'est-ce que tu espérais ?

— J'espérais trouver la vérité. Je l'ai.

— Tu veux partager ?...

Arsène était bouleversé, cueilli par cette proposition à la générosité violente.

— Non... Merci Pablito. On ne change pas de souffrance comme on change de casquette. Je veux bien la laisser traîner, tu la mettras de temps en temps...

***

Kwong Ling était retourné chercher sa Peugeot 607 garée dans une rue adjacente du commissariat central. Il y avait embarqué en compagnie de ses deux sœurs lorsqu'il aperçut Marc-Antoine de Langeron qui traversait la place Garibaldi pour entrer dans le bâtiment administratif. Kwong Ling accéléra, décidé à écraser le flic mais... il pila à vingt centimètres de lui. Les deux hommes se sont dévisagés... Moshe Benhaïm comprit qu'il venait d'échapper à un attentat. Il respira profondément, sourit puis il entra d'un pas décidé dans son commissariat. A l'évidence, il allait convoquer en un seul bouquet le Chinois de Shanghai et ses deux sœurs et il les accuserait, pour s'amuser, de tentative d'assassinat. Ou bien... mieux encore, il attendrait un jour ou deux pour jouir de l'effet de surprise. L'aristocrate était essentiellement préoccupé par le procès de Laetitia Marlowe et Sarah Livingstone dont il s'efforçait d'éviter la délocalisation. A Paris, les médias se lasseraient vite tandis qu'en province, on était assuré d'une relance constante dans les hebdos et journaux régionaux avec en prime pour l'ouverture des débats, la meute des stars parisiennes des J.T. nationaux qui abandonneraient ensuite à FR3 Île-de-France les cliquetis quotidiens.

***

A Paris, l'arrivée d'Arsène et Pablito n'avait provoqué aucun commentaire tordu de la concierge Mme Vincentini. Elle s'était contentée de caresser la joue de Lùla N'Guyen :

— Qui est cette jolie jeune fille ?

— Ma femme ! dit Pablito.

La cause était entendue et Lùla pourrait désormais entrer et sortir sans donner d'explications. Je savais que Pablito saurait savourer la joie d'organiser l'installation de son invitée, je décidai de les laisser seuls.

***

La nuit tombait, je suis descendu dans la rue avec l'espoir de LE rencontrer... Qui sait ? Peut-être aussi pourrais-je LUI demander des nouvelles de Gustav ? LUI seul pouvait connaître sa position géographique, ses intentions. J'avais besoin de Gustav, je ne savais plus où j'en étais... Ainsi donc ma vie se résumait à une folie et une punition ?... La DASS ? Quoi la DASS ! L'isolement ? Le mystère ! D'où je viens ?...

Qui suis-je ?... Je m'en fous ! Mes parents ? Quelle importance puisque je ne les connais pas. Je ne leur veux pas de mal. Au contraire, je leur veux du bien. Je voudrais qu'ils soient heureux. Séparément, de préférence. Ils auront d'autres enfants? Ils les auront gardés? Pas moi?... Et alors? L'aventure est de mon côté... Surtout, qu'ils ne cherchent pas à me revoir! Peine maquillée, peinturlurée... Je serais obligé de prendre une douche et me soûler... C'est ce que je veux faire ce soir! Mais pas d'hypocrisie... Aucun rapport avec cette crainte de retrouvailles de bâtards... Quels bâtards?... Eux et moi... Oui mais moi, grâce à eux j'ai un fils. Grâce à eux... Je comprendrais à la rigueur qu'ils veuillent connaître leur petit-fils mais leur fils... Ce serait grotesque. Pas d'affolement, Arsène, personne n'y songe.

***

Je passe devant un « McDo ». Un bout de vitrine est éclairé. Je m'y vois. Oui c'est moi!... Je réfléchis une seconde. Pas plus. Je m'examine : « Ç'aurait pu être pire! » Je m'imagine un autre visage, plus gras, chauve, j'aurais pu être plus petit, allez on va dire 1 m 70... L'horreur. J'aimerais encore mieux être un nain. Au moins je serais différent, presque à part... Un Juif. C'est vrai, chaque fois qu'on m'a demandé : « Mais enfin qu'est-ce que ça veut dire aujourd'hui pour vous, être juif? Ça ne représente rien. Ça ne signifie rien. Vous n'êtes pas religieux, vous n'avez pas été victime de la Shoah, votre femme est catholique, votre fils comme vous n'a pas de religion, non plus. Oui bon d'accord, vous avez tenu à le faire circoncire. Vous n'avez jamais supporté de voir des sexes non circoncis pendouiller sous la douche dans les vestiaires, après les matchs de basketball. » C'est vrai... je déconnais avec mes copains, mais j'évitais de regarder leurs bistouquets blanchâtres... Ça me dégoûtait. Heureusement, j'oubliais vite et je n'ai jamais limité mes amis à cette singularité, Dieu merci !... Ah ! encore LUI... Je me demande s'IL est circoncis. Je me demande même s'IL a un sexe ?... IL en a peut-être plusieurs ?... Comme la statue de cette déesse en or aux mille... bras que j'ai visitée à Bangkok... Encore une statue !... Décidément, ce soir, tu n't'en sors pas, Arsène... J'ai toujours répondu à mes questionneurs surpris et bêtassons. « Oui, être juif, ça signifie quelque chose, ça veut dire quelque chose. Être juif, c'est être humilié, se sentir amoindri – je ne pense pas à l'ablation de ce prépuce qui ne pèse que quelques grammes – Être juif, c'est se sentir différent ou le croire, ce qui revient au même. Est juif, le nègre, l'Arabe, l'homosexuel, le nain, les pauvres ! Oui les pauvres ! » D'accord tout ça est confus. Pour qui, confus ? Pour ceux qui n'aiment pas la confusion parce qu'elle trouble et déroute. Mais mon pauvre Gustav, tout est confusion. »

***

Gustav n'est pas là, dans ce boulevard de Belleville où je marche... Je m'en fous. On fait ce qu'on veut de Gustav. On en a besoin, on l'appelle. Il ne vient pas ? On lui parle quand même. Il ne répond pas ? On s'en branle, on discute, il répond toujours, et s'il ne répond pas, on répond pour lui.

***

C'est décidé, je vais entrer dans un café et je commencerai par un double cognac. Ce sera le début. « Et tu vas aller où comme ça, mon pauvre Arsène ? *(Je parlais tout seul.)* Tu vas te réveiller demain matin avec une gueule de bois, une boule de fonte à la place de la tête. Entretemps tu auras vomi dans quelque entrée de maison en faisant attention à ce que les Arabes ne te voient pas, ils te lyncheraient... Eh oui, l'humiliation... Pour eux. Pour toi. Tu vois... tous des Juifs !... Et alors ? On sera entre nous

(Je continuais à me parler :) Tu connais l'histoire de l'arbre qui souffre en silence pendant qu'un bûcheron l'abat, le martyrisant à coups de hache ? Je te la raconte vite fait et ensuite j'attaque mon premier double cognac.

— Tu la racontes à qui cette histoire ?... A Gustav ?

— Non, à toi.

— Mais qui c'est, moi ?

— Eh bien... toi c'est moi...

— Dis donc, t'as encore rien bu et c'est déjà cabriole et avalanche... Qu'est-ce que ça va être dans deux ou trois heures ?

— T'inquiète pas ! Je serai dans les nuages... Loin de tout. Loin de moi... Ah ! ne se suicide pas qui veut... Les ivrognes ont aussi leurs terreurs. Blondin ou Hemingway c'est pas pareil... Tout le monde n'est pas capable de se tirer un coup de fusil dans la tête. Suicide d'homme... Blondin est un plus grand écrivain, l'autre un plus grand romancier. La différence est là... Notre Antoine est un tel écrivain, il a tellement écrit dans sa tête son suicide, son désir de mort qu'il a fini par applaudir et il s'est endormi. L'autre, le chasseur de fauves, il en a eu marre et boum !...

— Bon, alors, tu m'racontes ton histoire de l'arbre seul dans la forêt qui s'est fait massacrer à coups de hache ?

— Attends... On va d'abord le boire ce double cognac.

— Qui nous ?

— Toi et moi. Pourquoi je prendrais un double cognac, réfléchis un peu... Bon allez, on abrège.

***

Je suis entré dans le « Bar de l'Orient »

— Un double cognac, Gustav !

— Vous me connaissez ? dit le patron.

— Pas encore.

— Alors comment vous savez que je m'appelle Gustav ?

— Je reconnais tous les gens qui s'appellent Gustav... Vous accepteriez de boire avec moi ?

— Pourquoi pas ? Il n'y a plus personne dans le bistrot et j'habite au premier étage, je ne risque pas de me faire choper au volant, avec leur alcootest...

En servant les doubles cognac, le taulier a eu un accès d'authenticité :

— Vous savez... je vous ai menti tout à l'heure, je ne m'appelle pas Gustav. J'ai dit ça pour vous faire plaisir.

— J'avais un p'tit doute mais c'est gentil... J'aurai fait un petit bout de soirée avec un Gustav. C'est utile... un Gustav. Vous n'auriez pas un ami qui s'appelle Gustav ?

— Je ne connais pas de Gustav.

— C'est dommage... Au fait vous vous appelez comment ?

— Lakdar Mustaphaoui.

— C'est joli... C'est musical.

— Vous ne m'en voulez pas ?

— Pas du tout. La preuve, je vous offre un double de « ce que vous voudrez ». On passe à l'armagnac ?

— J'adore.

Au troisième double armagnac, il a bien fallu s'attaquer aux choses sérieuses.

— Qu'est-ce qu'on fait Lakdar ? On s'installe dans ton troquet ou on ferme et on va se faire le palais dans d'autres z'antres ? Tu as une voiture ?... Non j'dis des conneries... Avec ce qu'on a descendu, vaut mieux éviter les gendarmes... Il y a une station de taxis en face, si tu veux je t'emmène à Montparnasse et comme dirait ma grand-mère Rachel : là-bas on aura le débarras du choix. Elle parlait mal le français, ma grand-mère Rachel... Elle confondait l'embarras et le débarras. Par exemple, pour dire « ça me met du baume au cœur » elle disait « ça me met du boum au cœur ! »... Lakdar, ça t'ennuie que je te parle de ma grand-mère ?... Tu t'en fous ?

— J'ai pas dit ça... Au fait comment tu t'appelles ?

— A ton avis ?

— A mon avis, tu t'appelles Gustav.

— Pas encore... Mais je sens que ça va venir.

Lakdar riait, sonore. J'ai dit :

— Ce soir c'est moi qui régale. Taxi !

***

« A l'Ami Louis » il restait une table de libre, on s'apprêtait à fermer. Même à Montparnasse, à 3 heures du matin, la résistance s'émousse et les tenanciers aspirent à la paix. Etrange...

— Eh oui... ils ont envie de rentrer chez eux... Remarque c'est normal Lakdar, ils ont une femme, eux. Tu as une femme, Lakdar, toi ?

— J'en ai trois.

— Putain, pourquoi j'suis pas Arabe...

— Qu'est-ce que tu en ferais de trois femmes ?

— Il m'en resterait deux.

— Pourquoi ? Y en a une qui s'est barrée ?

— Exact. Dis-moi, Lakdar, tu crois que si on demandait à cet enculé d'Auvergnat de nous ouvrir une dernière bouteille de champagne, il nous servirait ?

— Si tu lui montrais ton pognon et que tu lui proposes de payer d'avance, il serait capable de danser...

J'ai fait comme on a dit, les billets, la politesse, tout...

— Louis, auriez-vous l'obligeance de nous bailler une dernière Moët et Chandon ! dis-je en m'éventant le visage avec une touffe de billets de 100 euros.

— Tout de suite mes chéris mais après, promis, couche-couche panier, papattes en rond !...

— Tu nous laisseras quand même le temps de la boire ?... Tu ne vas pas nous la faire avaler avec un entonnoir ?...

— Mais non, les bébés... On dit un quart d'heure ?

— D'accord ! composa Mustaphaoui qui avait sa dignité.

J'ai payé, on est sortis en prenant la bouteille avec nous. On ne voulait pas se presser, on voulait déguster sans épier l'impatience de l'Auvergnat qu'on ne supportait plus.

— Viens, Lakdar !... On la finira sur un banc, au clair de lune. Ce sera un souvenir inoubliable, non ?

— Evidemment. Tu poses toujours des questions. Dès que tu es heureux, tu poses une question, tu as remarqué ?

— Non, mais je vais faire gaffe.

— Laisse tomber, sois heureux et pose donc des questions. D'autant plus que tu n'as pas besoin des réponses, tu sais tout d'avance.

Ah ! on était beaux tous les deux sur le banc, dos à « La Closerie des Lilas ». Je savais que Lakdar n'y avait jamais mis les pieds. Trop chic, trop cher. Mais moi qui avais passé des nuits et des nuits à plastronner avec ou sans gonzesse, lâchant des liasses d'euros pour me venger de ma vanité, je prenais un pied souverain à montrer mon cul à cet établissement du Tout-Paris en me disant qu'il y avait encore à cette heure-ci un connard de « Libération » en train de rater la photo de la semaine : « Lévi-Cortès et un clodo bougnoule en train de boire au goulot du... champagne ! » C'est ça surtout qui aurait dévasté l'honnêteté intellectuelle du quotidien merdique étranglé de snobisme indigné...

— Tout ça c'est pas tout ça, Lakdar, mais maintenant il va falloir faire une dernière visite au « Vodka Club » avant que le jour ne se lève complètement... Il en est capable. Tu as remarqué, Lakdar, le jour c'est comme les ouvriers, il met un temps fou à se lever, il glande, il lutine chaque minute avant de mettre sa casquette...

— Tu as raison. Mais je ne suis pas sûr qu'un taxi va nous prendre dans l'état où on est.

— Sauf si c'est un Chinetoque... Il suffira aussi que je m'évente avec un billet de 100 euros et que je paye d'avance.

— Bien vu... Alors, comme on dit à l'Opéra : « Marchons, marchons... »

Le premier taxi de la station était conduit par un Blanc qui, après nous avoir dévisagés, nous a expliqué en s'excusant qu'il n'avait aucune idée de l'endroit où se trouvait le « Vodka Club ». On n'a pas insisté, on s'est dirigés en titubant vers le deuxième taxi. Malheureusement le chauffeur n'était pas jaune mais noir.

— Tu n'es pas raciste, Lakdar ? On lui propose ?

— Vas-y.

Je me suis adressé au pilote africain en lui montrant mon billet de 100 euros :

— Si je vous paye d'avance vous pouvez nous emmener au « Vodka Club », rue des Acacias ?

— Si vous faites pas les cons et si vous dégueulez pas sur la banquette arrière, je veux bien mais envoyez la monnaie d'abord.

J'ai payé, le taxi est parti. Il est même arrivé. Pendant le trajet ni Lakdar ni moi n'avons échangé une parole, on se contentait de contempler la nuque frisée. A un moment donné, je n'ai pas pu m'empêcher de dialoguer, j'aime le contact.

— Vous êtes parent avec Hadj Mamadou O'Fitzgerald ? Il est noir.

— Je le connais très bien.

— Il est barman à l'hôtel « Normandy » à Deauville... Il est irlandais maintenant.

— Je sais.

— Et vous, vous vous appelez comment ?... Ne vous énervez pas, c'est ma dernière question.

— Je m'appelle Ernest M'Dougoundé mais je me suis fais naturaliser écossais, mon vrai nom c'est James-Eliott MacGregor. Voilà, maintenant on arrête, vous m'appelez Doudou et on n'en parle plus.

J'étais content, j'avais parlé, dit quelques conneries, constaté que M'Dougoundé ne manquait pas d'humour et le taxi était arrivé à bon port. Il n'y avait plus qu'à descendre et à tenir debout... Doudou s'est tiré sans rendre la monnaie de la somme inscrite au compteur mais on s'en foutait. Pourtant j'aurais bien aimé lui dire : « Gardez tout, monsieur, gardez tout » sur l'air de la chanson de Charles Trenet. J'aurais bien aimé chanter... Danser aussi peut-être mais là ça aurait été plus dangereux. Heureusement, le videur kossovar m'avait reconnu et nous avons été transportés dans le « Vodka Club » comme deux tétraplégiques souriants et pleins de reconnaissance. A peine assis, le taulier Jacky

Vermeulen a planté sur notre table une bouteille de vodka polonaise, sa préférée.

— Servez-vous les enfants, on ferme dans une heure!

J'ai regardé affectueusement mon pote algérien :

— J'te sers, l'indigène?

— Non, laisse, il vaut mieux que ce soit moi, je tremble moins que toi. Et puis les indigènes c'est fait pour servir. On aura l'impression de revenir à l'époque de la colonisation.

— Ah! c'était la belle vie, on pouvait faire chier qui on voulait... Tu me trouves grossier?... Tu me trouves con?

— Putain, mais tu vas pas arrêter de poser des questions?!... Tu connais les réponses, laisse tomber et bois... Elle est bonne, j'ai goûté.

— Tu aurais pu attendre qu'on trinque.

— J'aurais pu, j'ai pas.

— Question d'éducation. Tu as de la chance, j'aime pas les gens bien élevés, c'est des cons, des perroquets, des simagrées... Tu m'en veux que je t'appelle l'indigène?

— Je ne t'en veux pas puisque je t'aime... Bon alors? Tu me la racontes l'histoire de cet arbre dans la forêt qui se fait abattre par un bûcheron?

— L'arbre ?... Ah oui, l'arbre... Il était heureux, entouré de ses frères et sœurs... Tous des arbres... En bois, bien sûr.

— Bien sûr, en bois... En quoi tu veux qu'ils soient les arbres ?

— Ne t'énerve pas, Mustaphaoui... Oui en bois, tu as raison... Ecoute plutôt que de postillonner des lapalissades. L'arbre frappé à coups de hache gémissait à peine... Il ne cillait pas. Il aurait pu hurler sous la douleur. Chaque coup de hache lui arrachait un bout de sa chair. Il saignait... Un autre chêne à côté de lui – c'était une forêt de chênes – son frère, témoin du massacre lui répétait : « Tu souffres ? » Pas de réponse mais un sourire las, une douceur indéfinissable. Un regard de tendresse vers le bûcheron puis sur le manche de la hache.

— Il ne faut pas lui en vouloir, dit le chêne blessé. Il ne faut pas lui en vouloir... le manche est des nôtres...

— Je ne comprends pas, dit Mustaphaoui.

— Ecoute ce que je te dis, Lakdar ! Le manche de la hache est en bois ! En bois... comme l'arbre massacré...

— Et alors, l'arbre devrait lui en vouloir encore plus !

— Ou lui pardonner... Tout est là !.. Le pardon, la haine... On est tous comme cet arbre, Mustapha ! Toi, moi, Anna... Anna surtout.

— D'où elle sort celle-là ?

— C'est ma femme. Je l'ai massacrée, elle me hait. Mais moi aussi je suis massacré... Je suis comme le manche de la hache et je suis comme elle... Je frappe mais je suis innocent ! C'est le bûcheron, le coupable. C'est lui qui manipule. On est tous manipulés, Lakdar... Le monde est plein de bûcherons ! Ils sont partout, les bûcherons !... Ils manipulent. Ils nous tiennent en main et on obéit... On a tous un bûcheron. Tu as un bûcheron, j'ai un bûcheron... Bois un coup Lakdar, allez... Allez, le dernier ballon de Vodka, cul sec !

L'Arabe a bu, rempli mon verre vide.

— Qui c'est mon bûcheron à moi ?

— Ton bistrot !! Tu es gentil mais il te fait faire ce qu'il veut. Il te bouffe ton temps, tes rêves, un jour il t'oblige à bastonner un poivrot qui boit pour oublier que sa femme a un cancer et toi tu le frappes comme un connard, tu le haches... Mais c'est pas toi qui tiens le manche c'est le bûcheron de mes couilles... Toi tu es comme le clodo, tu es malheureux, tu es seul, tu as peur de tout, de l'avenir, des impôts, des taxes, de la clientèle qui fait chier et qui fait la loi... Toi tu es le manche et tu frappes l'Arabe qui vomit parce qu'il n'en peut plus de tes coups de pied dans le ventre...

— Comment tu sais que c'est un Arabe ?

— J'ai bafouillé... l'arbre... l'arabe...

La tête me tournait, j'ai glissé de mon banc, je me suis affalé sur le parquet...

Lakdar m'a remis sur la banquette puis a regardé sa montre :

— On a encore une demi-heure, finis-la-moi ton histoire.

— Elle est finie.

— Me prends pas pour un con ! Elle n'est pas finie ton histoire.

— Tu es intelligent, Lakdar... Non, elle n'est pas finie mon histoire. On ne peut pas passer sa vie à haïr. Il faut pardonner. Et surtout surtout ne jamais oublier ! Jamais. Parce que si tu oublies, tu n'apprends rien. Tu ne peux pas apprendre à revivre. Tu me suis ou tu es largué ?...

— Je te suis très bien. Mais moi aussi je vais te poser une question... Ton bûcheron à toi, c'est qui ? C'est quoi ?

— La sculpture.

— Tu veux vraiment me larguer ou quoi ?

— Non. Réfléchis, tout est sculpture dans la vie. On sculpte tout. On sculpte une pensée. On sculpte une histoire. On sculpte un enfant, on l'éduque, on le transforme. On sculpte une femme. On la fait comme on la veut, comme on la désire. On sculpte une rivière, un jardin, une frontière. Ce sont les sournois qui vous proposent des couleurs, des horizons, ce sont les peintres ! Ah ! les hypocrites... Ce sont eux qui font de la photo artistique et en plus ce sont eux qui vendent le plus cher !... Il n'y en a qu'un qui est « à part », c'est Picasso ! Oui Picasso puisque ses tableaux sont des sculptures. Mais les autres ?... Et à eux... Dieu ne leur dit rien. IL ne les traite pas de tortionnaires. D'ailleurs IL ne leur dit rien parce qu'IL s'en fout ! IL les méprise. Et quand IL est nerveux tu vois ce qu'IL en fait un peu de ces photographes... j'te parle des bons... Van Gogh, Modigliani, Gauguin, Toulouse-Lautrec... IL en fait des ivrognes, des fous, des nains, des crève-la-dalle...

Lakdar m'a regardé un bon moment car il ne voulait pas en démordre, il me pinçait la mémoire, il faisait mal, ce con...

— Tu es en train de me faire un dégagement avec la peinture et la sculpture mais moi, j'vais pas te lâcher, finis-la-moi ton histoire.

— Qu'est-ce que tu veux savoir de plus ?

— Ta femme, tu la sculptais, elle aussi ?... Tu viens de me le dire ! Et elle t'a quitté, c'est ça hein ? Pourquoi ?

— Parce que je l'ai mise en pièces, en morceaux ! Et les morceaux ils sont partout, à Chicago, à Londres, à Moscou, à Rome, Madrid, Rio de Janeiro, une cuisse à Dublin, un bras à Düsseldorf plus des corps en entier à San Francisco, à Shanghai, un cou, un cul à Dubaï, une oreille, un œil, une jambe à Montevideo... Tu crois ça ?

— Ne me dis pas que tu l'as dépecée ?... Il y en avait plusieurs alors...

— Non, il n'y en avait qu'une, malheureusement. Mais je l'ai reproduite en « détails » ou en « totalités ».

— Tu recommences ! Mais il est où, là, le bûcheron ? Il est où le manche ?

— Le bûcheron c'était le sculpteur, moi je ne voulais pas casser, frapper, creuser, racler, trouer la pierre, le bois, la chair, moi j'étais le manche, j'étais l'amour.

— C'est pour ça qu'elle est partie ? Qu'elle t'a quitté ?

— Non, Mustaphaoui, elle s'est évadée parce que je l'ai obligée à ne plus bouger, condamnée à l'immobilité. Pas un geste ! Pas respirer !... Des heures, des jours, des semaines, des mois, des années... L'enfer ! Elle est devenue folle, on l'a enfermée longtemps, longtemps...

Et tu voudrais qu'elle pardonne au manche du marteau, du stylet, qu'elle pardonne au bois de la masse, du scalpel, du rabot ? Elle a essayé et puis un jour elle a dégringolé... Voilà, tu sais tout... Elle n'a jamais voulu pardonner. J'ai eu beau parler d'amour, de rédemption, de soumission, elle n'entendait plus.

— Comment tu sais ça ? Comment tu sais qu'elle n'entendait plus ?

— J'ai retrouvé Anna, à la clinique psychiatrique des « Chartreuses » au Havre... Hier matin !... Tu aurais pardonné, toi ?

— Je ne sais pas.

Lakdar s'est levé, il a emporté la bouteille de vodka encore à moitié pleine. Il y avait à l'intérieur de quoi relancer... L'indigène a voulu payer pour faire un geste, j'ai refusé, réglé. Je faisais encore le poisson rouge.

***

On ne cherchait plus un bistrot ouvert... A cette heure-ci, c'était cuit. Fallait trouver un banc. On en a déniché un devant un petit square face aux Magasins Réunis.

— Qu'est-ce que tu en penses ?

— Il est pas mal, dit mon ami l'Arabe... Mais à mon avis, on ferait mieux de rentrer chez moi ou chez toi, on risque d'attraper la crève, il commence à faire froid.

— Taxi ! Tiens c'est un Chinois...

— Sors un billet de cent. Même technique, on est bon... Donne-lui mon adresse, 14 boulevard de Belleville. J'ai les clefs, on rouvrira le bar. On va s'finir avec un petit Mascara.

— Blanc ?

— Rouge. Y a pas de Mascara blanc. Tu verras c'est un petit vin mais ça se laisse boire.

***

Lakdar tamisait les lumières et on s'est installés autour d'une table d'angle. On commençait à dégriser, il fallait éviter de s'endormir. Le 12° du Mascara était l'infirmier idéal.

En face de deux grands verres à bière emplis de vin rouge, on avait l'air de quoi ? Deux ivrognes déclinant qui allaient s'assoupir. On n'a pas voulu. Ni lui ni moi. On avait encore des choses à se dire et on savait qu'on ne se reverrait plus. Instant magique. J'ai bu une gorgée de Mascara pour tester l'ultime thérapie. J'ai attendu. Je sentais que si Lakdar ne parlait pas le premier, je sombrerais dans une léthargie irrécupérable. Il m'aurait allongé sur la banquette ou déposé dans un taxi pour me ramener chez moi après m'avoir extirpé mon adresse au fond de la gorge avec une fourchette à escargots... Heureusement l'indigène a parlé! J'aime bien l'appeler l'indigène. C'est beau l'indigène, ça vous a un côté naturel, authentique, enraciné dans le paysage, un pays...

Tiens!... J'ai trouvé, indigène c'est aussi beau que « géographique »!... C'est ça. C'est comme l'arapède sur un rocher. Elle fait partie du rocher et pourtant elle a une chair, elle est vivante. J'en ai arraché des arapèdes sur les rochers de la plage Padovani à Alger... Elles étaient là, incrustées dans la pierre. Il fallait les séparer de leur roche avec un couteau de cuisine, rouillé. Chez nous on ne touchait pas aux couteaux neufs, on les gardait pour les fêtes religieuses, Pourim ou Roch ha-Shana.

— Tu te sens comment? demanda gentiment l'indigène.

Ça m'a suffi pour répondre :

— Tu sais, Lakdar, chaque fois que j'ai séparé une arapède en passant un couteau entre elle et son rocher, j'avais beau être un enfant, je comprenais, j'étais malheureux : j'avais la sensation de la séparer de sa mère... Tu peux croire ça?

— Pourquoi tu me parles des arapèdes?

— Parce que tous les arrachements se ressemblent... Les enfants juifs qu'on a arrachés à leur mère...

— Où tu es là, tu navigues ?!... Arrête ou j't'appelle Gustav !

— Tu peux, c'est le moment...

— Tu sais que si tes coreligionnaires t'entendaient, c'est à toi qu'ils arracheraient la tête ?

— J'les encule mes coreligionnaires... Ils sont méchants, ils n'ont pas compris qu'il fallait pardonner la Shoah.

Je me suis levé et je me suis mis à hurler :

— Il faut pardonner la Shoah ! Le peuple juif doit pardonner la Shoah !... Mais surtout ne pas oublier ! Jamais ! Tu entends, Mustapha, jamais !

Je me suis rassis sur la banquette et j'ai répété à mi-voix, sans tendresse mais avec la fermeté de l'homme seul, sûr comme Galilée que la terre est ronde... « Il faut pardonner la Shoah »... Puis, je ne sais pas ce qui m'a pris, j'ai dit à Lakdar :

— J'ai faim. Il ne te resterait pas un peu de couscous qu'on pourrait faire réchauffer ?

Mustaphaoui s'est dirigé vers sa cuisine, je l'ai suivi. J'avais encore besoin de parler. Il a sorti du frigo un plat d'étain recouvert d'un papier d'aluminium, il a versé le contenu dans un couscoussier qu'il a placé au-dessus d'une énorme bassine d'eau qu'il a fait bouillir et il a laissé le couscous réchauffer à l'étuvée. La marmite avec viandes et légumes posée sur une plaque électrique attendait la chaleur ad hoc pour compléter... Ça sentait bon. On s'humanisait, pauvres gens...

— On va fermer le bar, on mangera dans la cuisine, dit Lakdar.

Je suis allé chercher le Mascara entamé et je suis revenu m'asseoir en attendant. J'ai servi deux verres au cas où... Tout en s'affairant à ses fourneaux, l'Arabe qui pourtant était sensé ne pas aimer les Juifs, a relancé :

— Quand même... tout à l'heure, pour la Shoah, tu pousses un peu, tu crois pas ?

— Non ! Le peuple juif se grandirait, s'ennoblirait s'il osait dire : « Nous pardonnons la Shoah ! Nous n'oublions pas ! Nous n'excusons pas ! Nous n'expliquons pas ! Nous pardonnons... Quel peuple dans l'histoire de l'humanité aurait pu faire un tel geste de paix, d'apaisement, de générosité ? Tu imagines la révolution philosophique et religieuse d'une telle audace ? On ne pourrait plus reprocher aux Juifs leur sectarisme, leur nuque raide, leur monopole de la douleur exhibée, on ne pourrait plus, par ricochet, traiter les Israéliens de nazis. Une race qui a pardonné la Shoah est au-dessus de tout soupçon.

— Mais ça n'arrivera jamais...

— Je m'en fous. Je l'ai dit !

— Tu l'aurais dit hier ?

— Non.

— Tu l'aurais dit si tu n'avais pas bu ?

— Non... Mais j'ai bu, Dieu merci. Au fait, il faudra que je LUI en parle à LUI aussi. C'est trop facile, là où IL est, de faire le sourd distrait et de compter les planètes.

— Mais qu'est-ce qui te prend de vouloir tout pardonner ?...

Je ne sais pas ce qui m'a fait bondir, j'ai pris Lakdar par les revers de sa veste et je l'ai collé contre l'armoire à provisions de la cuisine. J'étais fou hurlant, déchaîné, fou total :

— Tu n'as pas compris que la Shoah c'est moi ! C'est moi ! Tu n'as pas compris que la seule personne de qui j'attends le pardon, c'est ma femme ! C'est Anna ! Si tu ne comprends pas ça, je vais te mettre un coup de boule à te défoncer le crâne ! Je vais te faire éclater ton crâne de pithécanthrope, couscoussier ! La torture c'est moi qui l'ai imposée, moi qui l'ai organisée !

Je lui ai donné un coup de tête mais je l'ai loupé et je me suis effondré sur un cageot d'harissa. Lakdar m'a relevé affectueusement, il avait les larmes aux yeux, il m'a embrassé... et il s'est effondré dans mes bras, en pleurant.

— Tu sais... Tu as raison, j'ai compris... J'ai tout compris ! Je te pardonne... Je pardonne la torture, je pardonne tout, même la...

Il n'a pas osé finir sa phrase.

Lakdar était le premier homme qui venait de pardonner la Shoah.

Chapitre XVIII

Qui peut imaginer ce qui a suivi ?... Vous me croirez si vous voulez mais nous avons mangé le couscous. Instant magique. Inconscient ? Tant mieux. Lorsque Lakdar m'a accompagné sur le trottoir devant son « Bar de l'Orient » il m'a dit une phrase hallucinante :

— On se reverra ?

— Non mais tu es fou ou quoi ! Nous revoir ?... Après ce qui s'est passé cette nuit ? Tu imagines la médiocrité de nos retrouvailles ? Ce que nous avons vécu ensemble est unique. Exceptionnel ! Tu es devenu en une nuit l'homme que j'aime le plus au monde. Je n'ai jamais aimé un homme comme j'ai aimé, ce soir. Et tu voudrais qu'on recommence ?... Jamais ! Tu m'entends, jamais... Souviens-toi de ce que je vais te dire, Lakdar, il faut sauver l'instant divin... Non, ne dis rien... Tu es en train de penser : « Qu'est-ce que je vais devenir quand il sera parti et qu'il m'aura laissé seul avec moi-même ? Je ne vais pas continuer à servir de l'anisette et de la kémia ?... Je vais mourir... » Mais non tu ne vas pas mourir, Lakdar, tu es déjà mort !... Je t'ai assassiné et en plus il faudra que tu me pardonnes si tu veux encore sourire et raconter cette nuit à tes petits-enfants.

***

J'ai fait quelques pas pour prendre un taxi en maraude qui venait de stopper devant le « Bar de l'Orient ». J'ai donné mon adresse mais avant de monter dans la voiture, je suis revenu sur mes pas.

— Une dernière phrase sur la Shoah, Lakdar, pour que tu comprennes bien. Aucun peuple, aucune nation ne doit pardonner ! Tu imagines le Mexique, l'Argentine, la Chine, les Etats-Unis ou le Canada qui pardonnent la Shoah ?... Mais ce serait un crime ! Un deuxième génocide... Non, le seul peuple qui puisse pardonner, c'est le peuple juif. Ce jour-là, alors peut-être, il sera le peuple élu... Bon, voilà, j'arrête, je t'ai assez emmerdé avec la Shoah... Dernière recommandation, Mustapha : « Aimez-vous les uns les autres. »

Et je suis parti, le taxi a démarré, je n'ai pas osé regarder en arrière. Je n'aurais pas pu supporter de voir Lakdar seul dans la nuit devant le « Bar de l'Orient » qui n'avait plus aucun sens.

⁂

Le jour se leva, je n'avais plus aucune chance de terminer la conversation avec LUI. J'ai souri en me disant : « Finalement IL est comme les vampires et Dracula, IL ne sort que la nuit...» Lorsque le taxi est arrivé devant ma maison, j'ai payé puis je suis descendu à pied jusqu'au bord de la Seine. J'espérais qu'IL allait quand même venir me rejoindre sur le banc où je me suis assis. J'ai attendu, attendu et puis au bout d'une heure j'ai eu froid et j'ai compris qu'IL ne viendrait pas, qu'IL ne viendrait plus. J'ai murmuré : « C'est dommage... je LUI aurais parlé d'Anna, de l'amour, du pardon. » C'est un peu son rayon, tout ça... Evidemment je ne LUI aurais pas parlé de la Shoah, IL doit se sentir morveux... J'ai baragouiné à mi-voix, je ne m'étais pas aperçu qu'un clochard s'était approché et s'asseyait à côté de moi :

— A qui tu parles, bonhomme?

— Au bon Dieu...

— Tu n'es pas rancunier..

— Pourquoi rancunier?... Je n'ai rien à LUI reprocher...

— Alors pourquoi tu as dit qu'IL devait se sentir morveux?...

— Tu as l'ouïe fine...

— Il y a un moment que je t'observe. J'en ai vu des clients prêts à se jeter dans la Seine. Tu n'le feras pas toi.

— Comment tu sais ça?

— L'expérience, le pif, le don, quoi... Toi tu as plus besoin de parler que de te gommer... Tu as plus besoin du confessionnal que d'une décharge de chevrotines, j'me trompe?

— Non. Malheureusement...

— Pourquoi malheureusement...? Y a pas de honte à vouloir vivre... Pense à tous ceux qui sont morts et qui auraient bien voulu rester vivants...

Je me suis dit : « Ah non! il ne va pas se mettre à me parler de la Shoah, ce con!... »

Il n'en avait pas envie. Il m'a regardé, jugé, soupesé puis il m'a dit comme un psy qui vous annonce le prix de ses honoraires :

— Tu sais, pépère, si tu as l'intention de parler, il faut allonger la fraîche! Ou alors t'iras pisser ailleurs.

— C'est combien?

J'étais prêt à tout puisque L'AUTRE m'avait laissé tomber.

— Tu prends combien ?

— Tu m'parles comme à une pute.

— C'est toi qui as parlé d'argent.

— Si c'est pour écouter seulement, c'est 50 euros, si c'est pour écouter et parler, c'est 100.

— Tu n'manques pas d'air !... Et tu en trouves souvent des clients ?

— Y a même des soirs où je refuse du monde. Mais tu vois, tu avais raison tout à l'heure de me parler comme à une pute, il y a des petits matins où je fais une passe « au béguin ». Aux pauvres, bien sûr... Seulement aux pauvres.

J'ai sorti un billet de 100 euros mais avant de le lui donner j'ai voulu prendre une assurance. Oh ! non pas pour l'argent mais je ne voulais pas gaspiller ma détresse.

— Je veux d'abord être sûr que tu ne vas pas m'arnaquer... J'veux savoir si tu as les qualifications et pour ça il n'y a qu'une façon : « Pose-moi une question. N'importe laquelle... Ce que tu veux. »

— J'parle pas sans acompte.

J'étais séduit par ce bougre de clodo caricatural. J'ai insisté :

— J'veux bien prendre un risque mais à une condition, c'est que tu me dises ton prénom, ton vrai prénom. Tu ne t'appelles pas Gustav, au moins ?

— J'm'appelle Gabriel. Comme l'ange Gabriel...

Je lui ai remis un beau billet de 100 euros en précisant :

— J'te préviens que si ta conversation me gonfle, tu gardes les 100 euros et j'me casse.

Il a mis le billet de 100 euros dans la poche de son pardessus puis il m'a examiné avec une gravité étrange avant de me dire :

— Eh bien maintenant, monsieur, nous allons nous vouvoyer si vous le voulez bien.

Cette précision valait toutes les assurances, j'ai compris que l'échange allait être exact, sans argot ni pittoresque.

— Monsieur, dit Gabriel, je ne vous dirai qu'une phrase en forme de sentence et notre rencontre se résumera à cette recommandation. Je ne veux pas entendre de réponse et il n'y aura pas de relance. Ecoutez-moi attentivement : « Il ne faut jamais abandonner l'amour quel que soit l'état dans lequel il se trouve, abîmé, cabossé, rouillé, sanguinolent, il ne faut jamais l'abandonner ! Il faut le relever, le serrer dans ses bras, le consoler et le garder toujours. Quel que soit l'état dans lequel vous le trouvez ou le retrouvez. Il ne faut jamais l'abandonner ! Voilà, monsieur, la conversation est terminée. Notre rencontre s'achève. »

J'ai compris qu'il fallait respecter l'instant. Je suis parti. J'ai fait quelques pas puis je me suis retourné pour le remercier... Le banc était vide, le billet de 100 euros gisait, sur le sol, muet. Je n'ai pas voulu le reprendre, il appartenait à l'amour et au pardon. Le quai était désert, Gabriel avait disparu. Venait-il de terrasser quelque dragon ? J'étais heureux de rentrer chez moi, j'allais retrouver Lùla et Pablito sans doute encore endormis. Il n'y avait plus un bruit dans les rues, tout était calme, insonore, apaisé.

***

Dans leur chambre deux angelots sommeillaient dans les bras l'un de l'autre. J'étais ému de voir l'amour et l'enfance. Pablito s'est vaguement réveillé :

— Arsène... Tu as reçu un télégramme... Je l'ai ouvert... Je l'ai posé sur le bureau du salon... Gustav est mort.

J'ai refermé délicatement la porte de la chambre, je suis entré dans le salon, j'ai vu le télégramme ouvert.

***

Je ne sais pas pourquoi je n'ai pas voulu le lire dans la maison. J'ai quitté l'appartement et je me suis assis sur une marche de l'escalier. J'ai déplié le télégramme et j'ai lu :

— Gustav est mort – stop – Anna qui t'aime.

Cet ouvrage a été composé et imprimé par

FIRMIN DIDOT

GROUPE CPI

Mesnil-sur-l'Estrée

pour le compte des Éditions Grasset
en avril 2003

Imprimé en France
Dépôt légal : avril 2003
N° d'édition : 12812 – N° d'impression : 62997
ISBN : 2-246-65131-X